근위축증과 싸우는 소년과 선생님의 기록

900回のありがとう

900번의 감사

900번의 감사 (900回のありがとう)

1판 1쇄 발행 2010년 12월 20일 ｜ 지은이 아야노 마사루 ｜ 옮긴이 박현석 ｜ 펴낸곳 하늘을나는교실 ｜ 북디자인
송원철 · 서진원 ｜ 2009년 6월 24일 제395-2009-000086 ｜ 경기도 고양시 덕양구 성사동 727 704동 1402
호 ｜ 전화 031)907-4934(대) ｜ 팩스 031)907-4935 ｜ 이메일 E-mail hviine@naver.com ｜ ISBN
978-89-94757-02-5 03830

900번의

900回のありがとう

감사

아야노 마사루 지음 / 박현석 옮김

근위축증과 싸우는 소년과
선생님의 기록

하늘을 나는교실

역자 후기

쇼지 준(小路純)은 근위축증이라는 병과 싸우며 3년 동안 열심히 중학교에 다녔습니다.

준의 정신적인 지주가 되어 준 것은 선생님과 많은 친구들이었습니다. 그리고 무엇보다도 준에게 용기를 심어 준 것은 야마모토(山本) 선생님과의 교환일기였습니다.

쇼지, 힘내라!
선생님, 감사합니다.

1987년 4월, 쇼지 준은 어머니가 미는 휠체어를 타고 중학교 입학식에 참석했다. 초등학교 5학년 때부터 다리가 이상하더니 초등학교 졸업식 때는 혼자 힘으로 한 걸음도 걸을 수 없는 상태가 되었다.

그래도 준은 특수학교를 선택하지 않고 초등학교 때의 친구들과 함께 다닐 수 있는 일반중학교를 택했다. 그리고 의사 선생님이 1학년 말까지 학교에 가면 잘 가는 것이라던 말을 비웃기라도 하듯 중학교 3년 과정을 전부 마치고 졸업장까지 받았다.

물론 준이 졸업장을 받을 수 있었던 것은 여러 사람들의 도움이 있었기 때문이다.

눈이 오나 비가 오나 준의 휠체어를 밀고 학교와 집을 오갔던 어머니. 책에는 묘사되어 있지 않지만 평소에도 어머니가 어떤 마음으로 얼마나 정성껏 준을 돌봐 줬을까 하는 점은 충분히 짐작하고도 남는다.

그리고 야마모토 선생님. 입학 첫날부터 준을 따뜻하게 맞아 주었고, 처음에는 준을 어떻게 대해야 할지 몰라 고민도 했겠지만 결국은 교환일기라는 마음의 다리를 통해 준의 닫힌 마음을 열게 하고 또 반 친구들의 마음까지 열게 해주었다. 학교를 다니기 쉽지 않은 상황에서 야마모토 선생님이라는 존재가 없었다면 준은 중도에 학교 가기를 포기했을지도 모른다. 이 모든 것이 가능했던 것은 야마모토 선생님이 원래부터 따뜻한 마음을 가지고 있는 사람이었기 때문이리라. 책을 통해서도 야마모토 선생님의 따뜻한 마음은 충분히 느낄 수 있다.

또한 반 친구들. 처음에는 준의 병이 그렇게 심각한 것인 줄 몰랐기에 괴롭히는 사람도 있었고 놀리는 사람도 있었지만 준의 병에 대해서 알고 난 뒤에는 모두가 하나가 되어 준을 도와주었다. 물론 그 전부터 준을 도와준 친구들도 있었지만 그들의 힘만으로 졸업까지는 어려웠을 것이다. 반 친구들 모두가 한마음으로 준을 도왔기에 준의 마음이 학교로 향했고 또 그랬기에 기적과도 같이 졸업이 가능했던 것이리라.

그러나 준이 졸업까지 할 수 있었던 것은 역시 준 자신이 최선을 다해 학교에 갔기 때문이다. 아무리 휠체어를 밀어주는 사람이 있어도, 교환일기를 주고받는 사람이 있어도, 모두가 한마음으로 도와주어도, 본인이 학교에 가지 않으면 졸업은 할 수 없다.

처음 준은 자신의 병이 나을 줄로만 알고 있었으나 중학교 2학년 때 자신의 병이 낫지 않는 병이라는 사실을 알게 된다.

자신의 병이 나을 것이라는 희망이 있었을 때 학교에 나간 것은 그리 이상할 것도 또 기특할 것도 없는 일이다. 그러나 준은 자신의 병이 낫지 않는다는 사실을 알게 된 후에도 포기하지 않고 학교에 나갔다.

중학교 2학년이면 15세. 물론 많은 것을 알고 많은 것을 생각할 줄 아는 나이이기는 하지만 아직 정신적으로 완전히 성숙했다고는 말할 수 없는 나이다. 그런 소년이 고치지 못하는 자신의 병을, 또 그로 인해 맞이하게 될 죽음을 받아들이기란 쉬운 일이 아니다. 그러나 준은 그런 사실에도 지지 않고, 그 사실 전부를 받아들이고 끝까지 학교에 나갔다. 그것이 병을 앓고 있는 준 자신이 할 수 있는 유일한 일이었기에.

이 책을 번역하는 내내 그런 준의 모습에 눈시울이 뜨거워졌다. 그리고 내 자신이 부끄러워졌다. 나는 지금의 내 상황을 얼마나 받아들이고 있는가? 이건 이래서 못하겠다, 저건 저래서 못하겠다, 이런 핑계만 대며 내가 해야 할 일을 또 내가 할 수 있는 일들을 피하고 있는 건 아닌지? 이런 생각이 자꾸만 들어 내 자신이 부끄러워졌다.

이 책을 읽는 분들도 내가 해야 할 일이 무엇인지, 내가 할 수 있는 일이 무엇인지 생각해보고 그 일에 최선을 다하고 있는지 다시 한 번 생각해봤으면 하는 바람이다.

또 한 가지 나를 부끄럽게 한 일이 있다. 우리는 흔히 자신이 역경에 처하게 되면 남의 탓으로 돌리기가 쉽다. 누구 때문에 이렇게 됐다, 누구 때문에 못했다. 그러나 그 누구는 다른 누구도 아닌 바로 나 자신이라는 사실을 깨달았다. 결국은 나 자신 때문에 이렇게 된 것이고, 나 자신 때문에 못한 것이다. 누구의 잘못도 아닌 병 때문에 남들과 같은 생활을 하지 못하게 됐으니 다른 사람을 원망하고 탓할 법도 한데 준은 그렇지 않았다. 그리고 오히려 주위의 모든 사람들에게 언제나 감사하는 마음을 가지고 있었다.

우리도 주위를 둘러보면 늘 우리에게 관심을 가져 주고 신경을 써 주는 사람들이 아주 많다는 사실을 알게 될 것이다. 그러나 우리는 그런 사람들에게 감사의 마음은커녕 오히려 그렇게 해주는 것이 당연한 일이라고 생각하는 경우가 많다. 그런 우리에게 준은 자신의 불편한 몸으로 우리에게 교훈을 주었다. 그것은 당연한 일이 아니라, 참으로 고마운 일이라는 사실을. 그리고 내가 먼저 마음을 열면 모두가 그런 나의 마음을 받아 준다는 사실을.

　마지막으로 반 친구들의 자세에도 박수를 보내고 싶다. 몸이 불편한 친구를 특별한 눈으로 보지 않고 모두의 친구로, 여느 아이들과 다를 바 없는 친구로 받아들이고 함께 생활했다는 점에 박수를 보내고 싶다. 물론 준의 노력이 있었기에 그리고 야마모토 선생님의 가르침이 있었기에 가능한 일이었겠지만 그것만이 전부는 아니라고 생각한다. 모두가 순수한 마음을 가지고 있었기 때문이리라. 그리고 모두가 '인간'에 대해서 진지하게 생각했기 때문이리라. 친구들은 준의 모습을 통해서 깨달았을 것이다. 준은 몸이 조금 불편하기는 하지만 자신들과 다를 바 없는 똑같은 인간이라는 사실을.

　실화를 바탕으로 쓴 이 책을 번역하는 동안 한편의 따뜻한 동화를 읽는 듯한 느낌이었다. 그것은 준을 향한 모두의 마음이, 또 모두를 향한 준의 마음이 언제나 따뜻했기 때문이었다.

　다음은 준과 야마모토 선생님 사이를 오가던 교환일기의 마지막 내용이다.

　이 짧은 글 속에 모두의 마음이 담겨 있는 것 같다는 생각이 든다.

3월 15일

선생님, 3년 동안 저를 격려해 주시고,

용기를 주셔서 감사합니다.

선생님과 함께한 덕분에 무사히 졸업하게 되었습니다.

앞으로도 선생님, 그리고 친구들과 보냈던

즐거운 추억을 가슴에 품고

열심히 살아가도록 하겠습니다.

야마모토 선생님, 3년 동안 정말로 감사합니다

이 이야기의 주인공인 쇼지 준은 2004년, 자신의 일기에서 말한 대로 기운이 다하여 별이 되어 하늘로 올라갔다.

우리도 가끔 밤하늘의 별을 보며 준이 자신의 불편한 몸으로 우리에게 보여준 삶을, 그리고 주위 사람들에게 보냈던 마음을, 또 주위 사람들이 준에게 보냈던 마음을 생각하기로 하자. 그리고 그 별에 부끄럽지 않게 따뜻한 마음으로 열심히 살아가기로 하자.

Contents

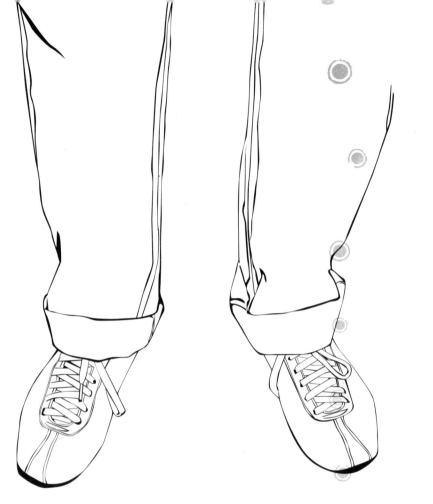

나는 내 발로,
내 힘으로 달리고 있어!

· 프롤로그

하늘은 끝도 없이 맑고 푸르게 펼쳐져 있었다. 희고 완만한 언덕길이 그 푸른 하늘에 빨려 들어갈 듯 이어져 있었으며, 언덕길 양옆에 심어 놓은 수백 그루의 해바라기가 눈부신 여름 햇살을 받고 있었다.

준은 언덕길을 힘껏 달려 올라갔다. 하얀 러닝셔츠에 운동복 바지. 두 다리의 근육에 힘을 주어 한 걸음, 한 걸음 땅을 박찼다.

나, 나는 달릴 수 있어, 달릴 수 있어!

바람이 준의 몸을 기분 좋게 쓰다듬고 지나갔다. 준은 발끝에 전신의 힘을 모았다. 이마에서 금빛으로 빛나는 땀이 튀어 흩어졌다.

이 언덕을 오르면, 바다야, 바다가 보여.
힘차게 속도를 올렸다.

나는 내 발로, 내 힘으로 달리고 있어!
준은 탄력 있는 허벅지 근육을 흔들며 계속 달렸다. 그런데 그 순간, 등에 쿡 하며 찌르는 듯한 아픔이 전해졌다.

왜, 왜 이러지?! 이제 거의 다 왔는데…….
격렬한 구역질이 느껴지고 눈앞이 캄캄해졌다. 준은 언덕 길에 몸을 젖히며 쓰러졌다.

앗, 해, 해바라기가…….
한여름의 태양이 어두워지고 해바라기들이 흩어져 갔다.

해바라기, 해바라기…….

준의 두 손이 괴로운 듯 허공을 더듬었다.

"준, 왜 그러니. 그렇게 신음을 하다니……."

어머니가 준의 얼굴을 들여다보았다. 그 목소리에 준은 간신히 정신을 차렸다.

꿈이었구나…….

오후부터 침대 위에서 컴퓨터 연습에 여념이 없던 준은 지쳐서 어느 사이엔가 깜빡 잠이 들고 만 것이었다.

"오늘은 아주 열심히 한다 싶었더니 엄마가 장을 보러 간 새에 잠이 들어 버렸구나."

"하지만 컴퓨터는 하면 할수록 더 어려워져."

"그래도……, 요즘에는 병이 심하지 않아서, 엄마는 그게 가장 기쁘단다."

수건으로 이마에 흐른 준의 땀을 닦으면서 어머니가 중얼거리듯 말했다.

황혼이 바로 코앞까지 다가와 있었다.

유리창이 노을에 오렌지색으로 물들어 있었다. 정원의 종려나무가 빛을 반사하여 불꽃을 내뿜고 있는 듯했다.

"그럼, 저녁을 준비해야지."

어머니는 종종걸음으로 준의 방에서 나갔다.

잠시 후 집 앞에서 자전거 멈추는 소리가 들려왔다. 콩, 콩 하고 누군가 유리창을 두드렸다.

"야! 쇼짱, 쇼짱, 몸은 좀 어때?"

낯익은 친구의 목소리였다. 준은 자리에서 일어서려 했다. 얼굴을 새빨갛게 물들이며 상반신에 힘을 주었다. 그러나 자신의 힘으로는 일어날 수가 없었다.

그러자 유리창이 열리더니 웃는 얼굴의 까까머리가 불쑥 나타났다.

"아, 호리우치(堀 强)구나."

순간 준의 얼굴에 미소가 번졌다.

친구들로부터 '쇼짱'이라 불리는 쇼지 준(小路純)은 만 15세. 오카야마(岡山) 시의 교외에 있는 조용한 마을의 아파트에서 부모님과 세 살 위인 누나와 함께 살고 있다. 다른 아이들처럼 진학을 했다면 고등학교 1학년이 되었을 테지만 전신의 근육이 조금씩 약해지는 병에 걸렸기 때문에 그렇게 하지는 못했다.

준에게 있어서 가장 기쁜 일은 중학교 때의 반 친구들이 지금도 잊지 않고 찾아와서 여러 가지 이야기를 들려주는 것이었다.

그 중 한 명이 호리우치 쓰토무(勉)였다. 쓰토무는 초등학교 5학년과 6학년, 3년 동안의 중학교 때에도 언제나 같은 반이었다. 야채가게의 외아들로 준과는 마음이 아주 잘 맞는 친구였다. 준이 아직 걸을 수 있었을 때 캐치볼을 하기도 하고 낚시를 하러 가기도 하고 장난도 헤아릴 수 없이 치던 사이였다.

쓰토무는 서둘러 현관을 돌아서 준의 방으로 들어왔다.

"고등학교는 어때? 재밌어?"

"아니, 아니, 내가 공부 싫어하는 거, 쇼짱도 잘 알고 있잖아."

"하지만 네 이름은 쓰토무(勉)잖아. 공부(일본어로는 '勉強')를 좋아해야 하는 거 아니야?"

"그렇게 놀리지 마, 쇼짱. 네가 걸을 수 있어서 내 대신 학교에 가줬으면 좋을 텐데."

"모르는 소리 하지 마. 하루 종일 이렇게 침대에 누워 있는 것도 아주 힘들어."

"미안, 미안. 그건 나도 잘 알아."

쓰토무는 날름 혀를 내밀고 머리를 긁적였다. 준이 웃었다.

그런 준의 가슴에 즐거웠던 중학교 시절이 하나둘 되살아났다. 선생님의 얼굴이 떠올랐다. 수많은 친구들의 목소리가 들려왔다.

다시 한 번 그 시절로 돌아갈 수 있다면…….

준은 유리창에 번진 저녁노을을 가만히 바라보았다.

마음의 캐치볼

"쇼지, 선생님이 네게 꼭 주고 싶은 게 있다."
야마모토 선생님이 바지 뒷주머니에 꽂아 두었던 것을 꺼내 들었다.

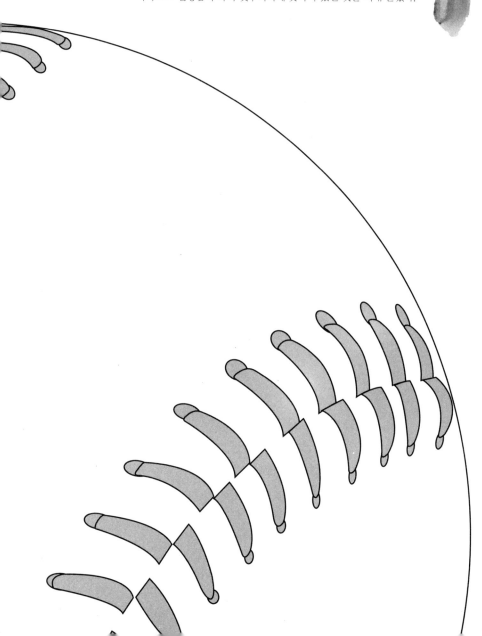

잘하고 있다
잘하고 있어!

· 마음의 캐치볼

한밤중의 비밀 이야기

3년 전의 2월도 거의 끝나 갈 무렵이었다. 앞으로 한 달 정도만 있으면 준의 초등학교 졸업식이었다.

자기 방 침대 위에서 준은 좀처럼 잠이 들지 못했다. 집 안은 쥐 죽은 듯이 조용했다.

벽에 걸려 있는 미키마우스 시계가 오전 1시를 가리키려 하고 있었다.

점점 다리를 마음대로 움직일 수 없게 됐어……. 대체 어떻게 된 거지, 내 다리는……?

불과 1개월 정도 전까지만 해도 준은 다리를 끌기는 했지만 그럭저럭 걸어 다닐 수 있었다. 그런데 하루하루가 지나면서 양 다리에 힘이 빠지더니 자신의 힘으로는 한 걸음도 걸을 수 없게 되었다. 겨우 기어서 움직일 수밖에 없었다.

침대 바로 옆에 있는 커튼을 들추고 가만히 창문을 열어 밖을 바라보았다. 달빛에 비친 옆집의 목련꽃이 준의 눈에 스며들었다.

마치 환상의 나라에 핀 꽃 같네. 지금 이 지구 위에서는 저 꽃잎만이 숨을 쉬고 있어.

목련꽃에 빨려 들어갈 듯, 준은 한동안 넋을 놓고 바라보았다.

그래, 그만 자야지.

이렇게 생각했을 때였다. 옆방에서 소곤소곤 이야기하는 소리가 들려왔다. 아버지와 어머니가 낮은 목소리로 이야기를 나누고 있었다.

　이런 밤중에 무슨 얘기지?

　준은 간신히 침대에서 몸을 일으켜 가만히 귀를 기울였다.
그러나 목소리는 들렸지만 무슨 얘기를 하는지는 전혀 알 수
가 없었다. 준은 숨을 죽여 온 신경을 귀로 집중시켰다.

　"준의 일……, 앞으로……, 어떻……."

　어머니의 소곤거리는 목소리에 이어 아버지의 낮은 목소리
가 밤공기에 잠기듯 들려왔다.

　"병은, 그렇게……, 다시 한 번 준을……."

　띄엄띄엄 들리는 소리밖에 알 수가 없었다. 준은 답답해서,

　'지금, 무슨 얘기하고 있는 거야?'

　당장에라도 커다란 소리로 외치고 싶었지만, 꾹 참았다.

　아빠와 엄마가 비밀얘기를 하다니, 어떻게 된 일
이지? 내 병에 관한 얘기 같은데……. 혹시 내 병,
아주 안 좋은 걸까?

준은 마음에 보이지 않는 실이 휘감긴 듯한, 말로는 표현할 수 없는 초조함과 불안을 억누를 길이 없었다.

다음 날 아침, 준은 평소보다 일찍 눈을 떴다. 온 힘을 다해 침대에서 내려왔지만 자신의 힘으로는 설 수가 없었다. 준은 기어서 부엌으로 갔다.

"어머, 벌써 일어났니? 오늘은 일요일이야. 조금 더 자도 되는데."

된장국 냄새 속에서 어머니가 약간 놀란 듯한 표정을 지었다.

"저기……, 저기 말이야……."

"왜 그래, 그렇게 우물쭈물, 이상한 애도 다 있네. 도대체 무슨 일이니?"

"아니야, 아무것도 아니야."

준은 어젯밤에 들었던 비밀 이야기에 대해서 묻고 싶었다. 그러나 분주하게 아침 준비를 하는 어머니의 얼굴을 보자 물어볼 수가 없었다.

그때 아버지가 수건으로 얼굴을 닦으며 부엌으로 들어왔다.

"잘 잤어? 오늘 아침에는 완전히 늦잠을 자 버렸네. 어, 준,

너 아주 일찍 일어났구나."

아침을 먹으면서 아버지가 준을 보고 약간 놀란 눈을 했다.

"요즘에는 매일 늦게 와서 준하고 차분하게 얘기도 못했구나. 조금만 더 참아라. 곧 시간을 많이 만들 테니."

아버지가 미안하다는 듯 말했다.

준의 아버지는 운송회사에 다니고 있다. 장거리를 오가는 트럭 운전수다. 히로시마(広島)나 오카야마(岡山)에서 잡은 수산물을 오사카(大阪)나 도쿄(東京)로 옮기는 일이었기에 일요일마다 쉬는 건 아니었다. 거기다 한 번 나가면 3일 동안은 돌아올 수가 없었다.

아버지의 자랑은 지금까지 한 번도 사고를 낸 적이 없다는 사실이다. 언제나 진지한 자세로 일을 하고 있는 아버지를 준은 존경하고 있었다.

"그럼, 다녀올게. 준, 감기에 걸리지 않게 조심해라."

아버지는 준에게 이렇게 말한 뒤 서둘러 달려 나갔다.

중학교 3학년생인 누나 유키(由紀)는 아직도 자고 있었다.

"누나는 어젯밤 늦게까지 공부를 한 것 같으니 오늘은 마음껏 자고 싶을 거야. 우리 먼저 아침을 먹자."

어머니는 식탁에 그릇을 늘어놓기 시작했다.

"저기 말이지, 음, 저기……."

"또, 저기가 시작됐다. 대체 왜 그러는데?"

"……저기, 어젯밤, 아빠랑 엄마, 무슨 얘기를 하는 것 같던데."

어머니의 얼굴이 움찔 하더니 표정이 일그러졌다. 그러나 곧 웃는 얼굴로 돌아왔다.

"준도 들었니?"

"아니, 밤에 눈을 떴더니 이야기하는 소리가 들려왔을 뿐이야. 하지만 무슨 얘기를 하는지는 잘 안 들렸어."

"그래……. 어젯밤에는 아빠의 일에 대해서 이야기했어."

"거짓말. 내 병에 대해서였잖아, '병' 이라는 말이 들렸어."

어머니는 웃음을 잃지 않고 평소처럼 보이려 했지만 그 얼굴이 점점 어색해져 갔다.

끝내 말해 버리고 말았네.

준은 약간 후회했다. 그러나 가슴 속에 있던 답답함을 빨리 깨끗하게 털어 버리고 싶었던 것이 솔직한 심정이었다.

"준, 마음을 가라앉히고 들어봐라."

어머니는 천천히 이야기를 시작했다. 준은 부엌 바닥에 털썩 앉아 답답하다는 듯 어머니를 바라보았다.

"어젯밤에 아빠와 한 얘기는 너의 중학교 입학에 관한 문제란다."

"……."

"준의 다리, 힘이 들어가지 않게 되지 않았니? 거기다 팔의 근육도 점점 약해지고 있는 것 같으니."

"내 병, 좋지 않은 병이지? 이제 못 고치지?"

어머니는 당황스러워서 다음 말이 나오지 않았다. 그러나 최선을 다해서 말을 이었다.

"얼마 전에 병원에서 진찰을 받았잖니? 그때 선생님께서 아이들에게서 흔히 볼 수 있는 일시적인 근육의 피로에 의한 것이라고 말씀하셨단다. 그러니 그렇게 말해선 안 돼."

"그럼 중학교에 입학하는 걸 왜 걱정하는데?"

"그건 말이지, 지금 상태로는 한동안 걸을 수 없기 때문에 학교에는 휠체어를 타고 다니지 않으면 안 된단다. 그러면 준도 힘들게 아니냐? 그리고 선생님과 친구들에게도 피해가 될 거고……. 그래서 아빠랑 상의를 한 건데, 좋아질 때까지 한동

안만 양호학교에 다니면서 공부를 하는 게 좋지 않을까, 엄마
는 그렇게 생각했단다."

준은 말없이 눈을 감았다.

엄마는 좋아질 때까지만이라고 했지만 내 병이
낫지 않는다는 걸 감추고 있는 거야. 내게 거짓말
을 하고 있어……

눈을 뜨고 있으면 눈물이 흘러나올 것 같았다.

"준, 엄마 얘기 무슨 말인지 알겠니?"

정원의 모밀잣밤나무 가지에서 찌르레기가 쉴 없이 지저귀
고 있었다. 평소 같았으면 귀엽다며 가슴이 두근거렸을 준이
었지만,

왜 저렇게 시끄럽게 우는 거야. 나를 비웃는 거
겠지.

이런 생각이 들어 견딜 수가 없었다. 준이 어머니 쪽을 바
라보며 말했다.

"엄마의 말은 잘 알았어. 하지만 양호학교에는 가고 싶지

않아. 난 무슨 병에 걸린 거야, 엄마? 더 이상 못 고치는 거야?
나는 친구들과 함께 공부를 하고 싶어. 부탁이니 나를 특별한
아이처럼 취급하지 마. 다른 아이들하고 똑같은 학교에 보내
줘."

준의 눈이, 아침햇살 속에서 애원하듯 어머니를 바라보았
다. 어머니는 당장이라도 울음이 터질 것 같은 얼굴로 부엌에
서 있었다.

선생님의 등

"다른 아이들하고 똑같은 학교에 보내 줘."

그 말이 어머니의 마음을 움직였다. 준의 생명의 외침과도
같은, 그 진정성이 느껴졌다.

걷지 못한다면, 내가 그 아이의 다리가 되어 주면
돼. 무슨 일이 있어도 일반 중학교에 보내고 싶어.

어머니의 마음속에서 이런 생각이 솟아올랐다.

며칠 후, 어머니는 교장선생님을 만나 준의 일을 부탁하기 위해 중학교를 찾았다. 응접실에서 기다리는 동안 어머니는 어떻게 얘기해야 준의 마음을 전달할 수 있을지 생각하느라 차분하게 앉아 있을 수가 없었다.

"아, 이거, 기다리시게 해서 죄송합니다."

모습을 드러낸 교장선생님은 뚱뚱한 몸을 소파에 묻었다. 두꺼운 렌즈의 안경 너머에서 다정해 보이는 눈이 웃고 있었다.

"아드님이 이번에 중학생이 되지요? 몸이 안 좋다는 얘기를 들었는데, 어떻습니까?"

교장선생님이 빨간 코끝을 손가락으로 문지르며 말했다.

이 분이라면 분명히 이해해 주실 거야.

어머니는 마음이 놓였다. 준의 병에 관한 이야기, 그리고 아들이 지금 어떤 마음으로 있는지, 전부를 있는 그대로 이야기했다.

"자알 알았습니다. 그러나 교육위원회와도 상의를 해야 하기 때문에 제 혼자만의 판단으로는 결정을 내릴 수가 없습니다. 사오 일, 시간을 주십시오. 어머님과 아드님께서 바라는 대로 될 수 있도록 노력하겠습니다."

부드러운 교장선생님의 말이 마음 든든하게 어머니의 가슴에 울렸다.

그 때부터 어머니는 학교에서 연락이 오기를 눈이 빠져라 기다렸다. 전화가 울릴 때마다 가슴이 덜컥했다. 그로부터 일 주일이 지났을 무렵, 장을 보러 가려고 현관을 나서려던 순간 갑자기 전화가 울렸다.

"여보세요, 아, 네, 넷, 준이……, 그 학교에 다닐 수 있습니까? 정말인가요? 너무, 저, 정말 감사합니다."

수화기를 쥐고 있는 어머니의 목소리가 떨렸다.

걷기가 점점 더 어려워져 가고 있는 준의 경우는 학교에서 공부를 하는 데도 누군가의 도움이 필요했다. 그러나 일반 중학교에는 준처럼 몸이 불편한 학생을 받아들일 만한 여유가 없었다. 그런 아이들을 위해서 요양학교가 설치된 것이니, 원래대로 하자면 준은 거기를 다녀야만 했다.

　　그러나 준의 소망을 들어주기 위해, 교장선생님이 관할 교육위원회로 몇 번이고 발걸음을 옮겨서 준이 일반 중학교에 다닐 수 있도록 설득을 해준 것이었다.

　　"준, 중학교의 교장선생님께서 '걱정 말고 오세요.'라고……, 잘 됐다. 정말 잘 됐어."

　　어머니는 몇 번이고 같은 말을 되풀이했다. 식탁 위의 조그만 화병에 꽂아 놓은 노란 프리지어가 희망의 빛으로 보였다.

　　그로부터 일주일쯤 지나, 관할 사회복지협회에서 번쩍번쩍 빛나는 휠체어를 보내왔다. 아버지가 준의 등교용으로 부탁해 놓은 것이었다.

　　새벽녘까지 부슬부슬 내리던 비가 거짓말처럼 개었다.

　　"일기예보, 멋지게 빗나갔는걸. 자, 오늘부터 준의 새로운 출발이다. 봐라, 파란 하늘이 얼굴을 내밀고 있지 않니?"

　　하늘 가득 드리워져 있던 구름 사이로 파란 하늘이 조금씩 얼굴을 내밀기 시작했다. 어머니는 준이 탄 휠체어를 힘차게 밀었다.

기다리고 기다리던 중학교 입학식. 새로운 교복을 입은 준은 휠체어 위에서 왠지 부끄럽다는 생각이 들어 견딜 수가 없었다. 어머니가 미는 휠체어는 오르막을 넘어 빙글빙글 소리를 올리며 언덕길을 내려갔다.

드디어 교문이 보이기 시작했다. 비 개인 뒤의 벚꽃이 무척이나 아름다웠다.

어머니는 교문 옆에서 휠체어를 세웠다.

"그럼, 교문을 지난다."

어머니는 약간 긴장한 얼굴로 휠체어를 다시 밀었다. 수많은 신입생들, 그리고 어머니들이 높다란 목소리를 올리며 지나갔다. 모두 준과 어머니 쪽을 힐끗 곁눈질로 쳐다보고는 못볼 것을 봤다는 듯한 표정을 지으며 서둘러 지나갔다. 그중에는 노골적으로 경멸하는 듯한 눈빛을 던지고 얼굴을 찌푸리며 지나가는 어른도 있었다.

"준, 저런 사람한테는 신경 쓰지 않아도 된다."

어머니는 당당하게 가슴을 펴고 휠체어를 밀어 교문을 지났다.

긴장 때문에 얼굴이 굳은 준은 주위 사람들의 모습에 완전히 기가 죽었다.

역시 양호학교에 가는 편이 좋았을지도 모르겠다.

그때였다.

"야아, 쇼짱, 쇼짱!"

학교 안 쪽에서 쓰토무가 헉헉 숨을 헐떡이며 달려왔다.

"아까부터 널 찾고 있었어. 저기 말이지 쇼짱, 나랑 같은 반이야, 1학년 1반이야."

쓰토무가 준의 어깨를 툭하고 두드렸다. 벚나무 아래서 준의 얼굴에 미소가 피어올랐다.

체육관에서 입학식이 시작되었다.

"준, 내 어깨, 꼭 잡고 있어."

쓰토무가 마치 형이라도 된 듯한 투로 말했다. 준은 쓰토무의 어깨를 잡아, 힘이 들어가지 않는 두 다리를 힘껏 지탱했다. 지금이라도 당장 힘없이 쓰러질 것 같았지만 쓰토무의 어깨를 잡은 손에 힘을 주고 이를 악물었다. 관자놀이에서 식은 땀이 배어났다.

체육관 뒤쪽의 보호자석에서 어머니는 눈물을 글썽이고 있었다.

언제까지 다닐 수 있을까? 반 아이들이 준을 받아 줄까?!

그런 생각들이 어머니의 마음을 완전히 휘감고 있었다.

1학년 1반의 담임선생님은 야마모토 마사히로(山本正広) 선생님이었다. 도쿄의 체육대학을 졸업하고 이 학교에 온 지 4년째로 27세. 체육 선생님이었다.

어떤 선생님일까? 무서운 선생님도 싫지만, 다정하기만 한 선생님도 싫은데.

준은 불안했다. 그러나 교실에 들어선 선생님의 얼굴을 본 순간, 준의 불안감은 어디론가 날아가 버리고 말았다.

둥근 안경을 낀 야마모토 선생님을 어딘가에서 본 듯한 느낌이 들었다. 물론 실제로는 만난 적이 없었지만 왠지 그런 느낌이 들었다.

저 선생님이라면 내 마음을 알아주실지도 몰라.

준은 길을 잃고 헤매던 어둠 속에서 환하게 빛나는 빛을 발견한 느낌이 들었다.

그날 반 아이들이 모두 돌아가고 난 뒤에 야마모토 선생님은 준을 교실에 남게 했다.

"입학, 축하한다. 어머니로부터 네 몸에 대한 이야기를 듣고 말이지, 솔직히 말해서 여러 가지로 힘든 일도 있을 거라고 선생님은 생각했다. 하지만 일단 우리 학교에 들어온 이상, 웬만한 일 가지고는 마음 약한 소리를 해서는 안 된다, 쇼지! 선생님도 응원을 할 테니."

야마모토 선생님의 커다란 손이 준의 어깨를 두드렸다. 준은 아무말도 하지 않았다.

"좋았어, 지금부터 학교 안을 안내해 주마. 그럼, 선생님 등에 업혀라."

야마모토 선생님은 준을 가볍게 업었다.

"자, 여기가 음악실, 그리고 그 옆이 화학실이야. 지금부터
는 여기서 여러 가지 실험을 하게 될 거다."

3층짜리 교사의 구석구석까지, 선생님은 준을 업고 돌아다
녔다. 넓고 다부진 야마모토 선생님의 등에서부터 준의 몸으
로 따스함이 조금씩 전해졌다.

어머니는 육상선수

이튿날부터 준의 어머니는, 그야말로 눈코 뜰 새 없이 바빴다.

아침 7시 30분 정각에 준의 휠체어를 밀고 집을 출발했다.
학교까지 30분쯤 걸리는 거리였다. 올라가는 언덕길이 힘들었다.

"얄밉기 짝이 없는 언덕길이구나. 하지만 이런 데 질 수야
없지."

빠르게 숨을 내쉬면서도 어머니는 자신을 격려하듯 말했다.

"이래봬도 옛날에는, 그래, 학생 시절에는 육상선수였다고."

"그래, 처음 듣는 소린데? 육상 중에서 뭘 했는데?"

"단거리. 그리고 릴레이, 우리 팀 마지막 주자였어. 마지막

에 상대를 따라잡는 건 엄마가 최고였지."

"그래?"

그러나 경사가 급한 언덕길은 그런 어머니에게도 힘이 들었다.

"역시, 나이를 먹은 걸까?"

언덕길 중간에서 휠체어는 몇 번이고 몇 번이고 멈춰 섰다. 그때마다 어머니는 허리를 구부리고 숨을 골랐다.

"좋았어, 라스트 스퍼트다. 이얍!"

어머니는 기합 소리를 내며 단번에 언덕길을 올랐다.

1학년 1반은 ㄷ자 모양을 한 교사의 서쪽 1층이었다. 준의 자리는 교실 한가운데 줄의 앞에서 두 번째였다.

"얘들아, 안녕. 준을 잘 부탁한다."

어머니는 교실을 둘러보며 반 아이들에게 이렇게 말하고 준을 자리에 앉혔다. 그런 다음 교실에 휠체어를 놓고 서둘러 교문을 빠져나가 조금 전에 온 길로 되돌아갔다.

"하나둘, 하나둘, 하나둘."

구령을 붙이며 달려가는 어머니의 등 뒤로 화창한 봄 햇살이 쏟아졌다.

집으로 돌아오면 이불을 널어 말리고 빨래에 청소, 바지런히 집안일을 시작했다.

"아침은 내가 준비할 테니 엄마는 조금이라도 쉬어."

고등학교 1학년생인 준의 누나 유키가 이렇게 말해 주는 것이 어머니는 무엇보다도 기뻤다.

벽에 걸린 시계를 흘낏흘낏 보면서 어머니는 집안일을 하나씩 해 나갔다. 그리고 시계의 바늘이 10시를 가리키면 황급히 조깅화를 신고 현관을 뛰쳐나가 이번에는 자전거를 달렸다.

10시 15분, 어머니는 다시 교문을 지났다. 교실 앞에서 2, 3분 정도 가만히 기다렸다가 2교시가 끝나는 종이 울리면 다른 아이들에게 방해가 되지 않도록 가만히 교실로 들어갔다. 그리고 준이 있는 곳으로 걸어가 준을 안고 교실에서 빠져나왔다.

"점심시간까지 참겠다고 했잖아."

"그러다가 혹시 교실에서 싸면 어쩌려고 그래? 그야말로
모두의 웃음거리가 될 거야."

"괜찮아, 웃음거리가 돼도 상관없어. 엄마가 힘든 것보다
는……."

"또 강한 척, 그런 소리 한다."

어머니는 준을 화장실로 데려가 자신의 어깨를 잡고 볼일
을 보게 했다.

그로부터 2시간쯤 후인 점심시간에 어머니는 다시 자전거
를 타고 학교로 달려갔다. 그리고 준을 화장실에 데려갔다가
집으로 돌아왔다. 다시 2시간 뒤, 이번에는 뛰어서 학교로 가
서는 준을 휠체어에 태우고 집으로 발걸음을 서둘렀다.

이렇게 정신없이 바쁜 날이 1개월쯤 계속됐다.

5월의 연휴가 끝난 날의 방과 후였다.

"어머님, 잠깐 드릴 말씀이 있습니다."

휠체어에 준을 태우려 하던 어머니 곁으로 야마모토 선생

님이 다가와서 말했다.

교무실 구석에 있는 의자에서 어머니는 선생님과 마주앉았다.

"저, 준은 학교생활을 잘 하고 있나요?"

"네, 그 점에 있어서는 아직까지 아무 문제없습니다. 반 아이들에게 방해가 되는 것도 아니니까요. 단지……."

"그 아이에게 무슨 문제라도……."

"아니, 왠지 기운이 없어 보이는 것이 마음에 걸려서요. 병 때문만은 아닌 것 같습니다. 누구하고도 거의 말을 하지 않습니다. 언제나 혼자서 오도카니 있습니다."

"몸이 마음대로 움직이지 않으니 불안해서 그럴 겁니다."

"저도 반 아이들에게 기회가 있을 때마다 '쇼지와 사이좋게 지내야 한다.'고 말하고 있기는 하지만 쇼지가 마음을 열지 않아서……. 물론, 아직 1개월밖에 지나지 않았으니, 저도 앞으로 노력하겠지만 어머니께서도 뒤에서 힘을 불어넣어 주십시오."

학교에서 돌아오는 길에 휠체어를 미는 어머니의 마음은 한없이 무거웠다.

야마모토 선생님은 기운이 없는 게 병 때문만은 아닌 것 같다고 말씀하셨지만 역시 준은 병을 마음에 두고 있는 거야.

혹시 준이 자신의 병에 대해서 알게 된 건 아닐까……? 그럴 리 없어, 그럴 리 없어…….

어머니는 마음속에서 몇 번이고 그 생각을 지워 버렸다. 집에 돌아오는 길에 휠체어에 앉은 준은 평소와 다를 바 없는 모습이었다.

"오늘 저녁 반찬, 무엇으로 할지 정했어?"

준이 갑자기 물었다. 어머니는 천진난만한 질문에 가슴을 쓸어내렸다.

준은 역시 아무것도 모르는 거야. 학교에서 기운이 없는 건 너무 긴장해서 다른 아이들과 친하게 지내지 못하기 때문이야.

언덕길을 내려가자 널따란 들판의 푸르름이 바다처럼 펼쳐졌다.

"오늘 밤에는 햄버거하고 오므라이스. 어때, 해줄 거지?"

"또, 햄버거하고 오므라이스야? 정말, 준은 어린이 점심코스 같은 것만 좋아한다니까."

이렇게 말한 어머니는 발걸음을 멈추고 저 멀리 하늘을 바라보았다. 어머니는 1년 반 전의 그날을 떠올리고 있었다.

힘내라, 준

준이 초등학교 5학년이었던 해의 겨울이었다.

그날, 어머니는 준을 위해 커다란 햄버거를 만들어야겠다고 생각하고 부엌에 서서 막 준비를 시작하려던 참이었다.

현관문이 쿵하고 열린 듯한 느낌이 들었다.

바람인가……. 오늘은 준이 너무 늦네.

냉장고에서 양파를 꺼내려던 순간이었다. 현관 쪽에서 낮은 울음소리가 들려왔다. 어머니는 황급히 현관을 바라보았다.

"준, 왜 그러니? 학교에서 누구랑 싸웠니?"

현관에 웅크리고 앉은 준은 울상을 짓고 있었다.

"왜 그래? 울기만 하면 무슨 일인지 알 수가 없잖아……."

"다리가……, 다리가 아파."

몸 안쪽에서부터 짜내는 듯한 목소리였다. 어머니는 준의 두 다리를 만져 보고 깜짝 놀랐다. 오른쪽 장딴지가 탱탱하게 부어, 철판을 깔아 놓은 것처럼 되어 있었다.

"어머, 이거 어떻게 된 일이야?"

어머니는 준을 업고 동네에 있는 외과 병원으로 달려갔다. 엑스레이로 두 다리의 단층촬영을 했다.

"어쨌든 이상은 발견되지 않았습니다. 운동을 너무 많이 했거나 타박상에 의한 염증 때문에 근육이 비대해진 것이라 생각됩니다. 일주일쯤 지나면 부기도 가라앉을 겁니다."

그 말에 잔뜩 굳어 있던 어머니의 볼이 단번에 부드럽게 풀어졌다. 의사선생님이 말한 것처럼 준의 오른쪽 장딴지의 부기는 5일 정도 지나자 원래대로 돌아왔으며 아픔도 사라지고 없었다.

그러나 열흘 후, 오른쪽 장딴지가 다시 부었다. 그리고 열흘 간격으로 그것이 반복되었다. 2개월쯤 지나 3월 초가 되자 준은 오른쪽 다리를 끌면서 발끝으로 걷게 되었다.

어떤 좋지 않은 병에라도 걸린 게 아닐까?!

어머니는 가슴이 두근거렸다. 오카야마 시에 있는 종합병원으로 택시를 타고 달렸다.

로비에서 1시간이나 기다리다가 준은 어머니와 함께 진찰실로 들어갔다. 청진기를 가슴과 등에 대어 보고 걷는 모습을 살펴보았다. 간호사가 커다란 주사기를 가지고 왔을 때, 준은 움찔했다.

"주사가 아니에요. 피를 뽑아서 검사를 해야 하니까 가만히 있으세요."

순식간에 준의 왼쪽 팔에 고무줄이 감겼으며 기다란 바늘이 정맥을 찔렀다.

솜씨가 정말 좋은데.

준은 주사기 속으로 빨려 들어가는 빨간 피를 보자 무서웠다.

"좀 더 자세한 검사를 해야 하니 바로 입원해 주시기 바랍니다."

진찰을 마친 의사의 목소리가 차가운 느낌으로 울렸다. 어머니는 무슨 말인가 하고 싶었지만 아무런 말도 할 수가 없었다.

다음 날부터 여러 가지 검사가 시작되었다. 준의 팔과 다리, 그리고 가슴과 등에 여러 가닥의 선이 연결되었다. 근육을 검사하는 것이었다.

준의 양쪽 허벅지에서 근육을 조금 떼어내 그것을 검사해 보기로 했다. 그 수술을 마치고 마취가 풀렸을 때는 여간 큰일이 아니었다. 덮쳐 오는 격렬한 통증에 준은 침대 위에서 몸부림을 쳤다.

"준, 힘내라, 힘내야 한다. 남자가 이 정도로 울어선 안 되지."

준의 다리를 쓰다듬으면서 어머니는 지금 당장이라도 울음을 터뜨릴 것 같았다. 준에게는 그 얼굴이 한꺼번에 나이를 먹은 것처럼 보였다.

그로부터 이틀 정도 지난 날의 오후, 준의 병실에 있던 어머니는 간호사실로 오라는 부름을 받았다.

"오모리 선생님께서 하실 말씀이 계시답니다. 제3내과로 급히 가시기 바랍니다."

어머니는 계단을 내려가 1층에 있는 제3내과로 향했다. 로비는 수많은 환자들로 넘쳐 나고 있었다. 어머니는 자신의 다리가 공중에 떠 있는 것 같은 느낌이었다.

침착해야지, 침착해야지.

중얼거리면서 제3내과의 문을 열었다. 오모리 선생님은 심
각한 얼굴로 책상 위에 있는 진료카드에 펜으로 무엇인가를
쓰고 있었다.

"저, 쇼지입니다만……."

"네, 앉으세요."

어머니는 선생님과 마주보고 앉았다. 진찰실 가득 무거운
분위기가 감돌고 있었다.

"검사 결과가 나왔습니다."

어머니는 선생님의 얼굴을 가만히 바라보았다.

"준의 병은 근육의 병으로……, 진행성 근위축증입니다."

"네? ……."

"이 병은 근디스트로피증이라고도 하는데 손발과 내장 등
전신 근육의 작용이 점점 약해져서 움직이지 못하게 되는 병
입니다. 그리고 안타깝게도 이 병은 원인을 알 수가 없습니
다. 따라서 지금의 의학으로도 확실한 치료법은 발견해내지

못했습니다."

어머니는 오모리 선생님의 말을 바로는 이해할 수가 없었다.

"병의 진행을 막을 수 있는 약도 없습니까?"

어머니는 선생님에게 기대기라도 할 듯 몸을 앞으로 내밀며 말했다.

"약으로 이 병을 막기는 어렵습니다."

"그, 그런……, 그럼 우리 애는……."

"그렇습니다, 너무 비관하지 마십시오. 한동안 통원을 하면서……, 아드님의 상태를 지켜보도록 하겠습니다."

어머니의 입술이 부들부들 떨렸다. 진찰실과 선생님의 얼굴이 뿌옇게 보이고 머릿속이 백짓장처럼 새하얗게 변했다.

병원의 복도를 걷는 동안 어머니의 눈에서 눈물이 쏟아져 멈출 줄을 몰랐다.

그 애한테 어떻게 이 사실을 얘기할 수 있겠어? 낫지 않는 병이라니, 너무 가엾어. 말할 수 없어, 그 애한테 병에 대해서는…….

병원 로비의 한쪽 구석에서 눈물을 훔친 어머니는 아무 일도 없었다는 듯한 얼굴로 2층에 있는 준의 병실로 들어갔다.

"준, 내일, 퇴원해도 된단다, 선생님께서……."

"정말이야, 엄마? 그럼 내 몸, 나쁜 병에 걸린 게 아니구나."

"그야 당연하지."

어머니는 힘껏 웃음을 지어 보였다.

교환일기 시작

"준이 왠지 기운이 없어 보이는 것이 마음에 걸려서요."

야마모토 선생님이 어머니께 이렇게 말씀하신 지 며칠이 지난 어느 날의 일이었다.

방과 후 준을 데리러 온 어머니가 교무실로 가서 야마모토 선생님께 한 통의 편지를 건네주었다. 편지에는 이렇게 적혀 있었다.

입학해서 지금까지 준이 쉬지 않고 학교에 다닐 수 있었던 것도 선생님의 따뜻한 보살핌이 있었기 때문이니, 진심으로 감사드립니다. 일전에 선생님으로부터 준이 마음을 닫고 있다는 말씀을 듣고 아주 마음에 걸렸습니다. 사실 그 것과는 관계가 없는 일일지도 모르겠지만 선생님께서 꼭 알아두셨으면 하는 일이 있습니다. 초등학교 5학년 겨울의 일이었습니다. 그 아이의 오른쪽 다리가 심상치 않았기에 병원에서 진료를 받아 보니 진행성 근위축증이라는 진단이 내려졌습니다.

의사 선생님의 말씀에 의하면 이 병은 전신의 근육이 점점 약해져서 움직일 수 없게 되는 병이라고 합니다. 그리고 원인을 알 수 없기 때문에 현대 의학으로도 이렇다 할 만한 치료법을 찾아내지 못했다고 합니다.

편지를 읽는 야마모토 선생님의 두 손이 조그맣게 떨렸다.

의사 선생님으로부터 병의 선고를 받은 이후, 그 아이에게 사실을 말해야 하는 건지 말아야 하는 건지, 엄마로서 많이 고민했습니다.

남편과 상의를 했더니 '어렵게 중학교에 들어갔잖아. 지금 준에게 그 사실을 말하면 남는 것은 절망뿐이야. 절대로 말해선 안 돼.' 라고 말했습니다. 남편도 생각에 생각을 거듭한 끝에 내린

결론이라고 생각합니다.

언젠가 그 아이가 자신의 병에 대해서 알 날이 오리라고 생각되나 선생님. 참으로 죄송한 부탁인 줄은 있다만 그 아이의 병에 대해서는 선생님의 가슴에만 담아 두실 수 없으시겠습니까? 다시 한번 부탁의 말씀 올립니다.

사실은 선생님을 뵙고 직접 말씀드려야겠다고 생각했지만 도저히 잘 말씀드릴 수 있을 것 같지가 않아 편지로 말씀드리게 되었습니다. 앞으로도 준을 잘 좀 부탁드리겠습니다.

편지의 글이 야마모토 선생님의 마음에 깊이 새겨졌다.

어머니가 미는 휠체어는 준을 태우고 5월의 바람 속을 하루도 거르지 않고 학교로 향했다.

"조심해서, 안녕히 가세요."

1학년 1반 교실을 나서는 준의 어머니를 배웅하며 야마모토 선생님은 그런 말밖에 하지 못하는 자신이 답답해서 견딜 수가 없었다.

교무실은 텅 비어 있었다. 저녁노을이 유리창 가득 펼쳐져 있었다. 야마모토 선생님은 책상에 턱을 괴고 앉아 멍하니 밖을 바라보고 있었다.

쇼지도 때때로 내게 웃는 얼굴을 보이게 되었어. 하지만 그 웃는 얼굴을 볼 때마다 견딜 수가 없어. 녀석은 자신의 병명도 모르고……. 낫지 않을 병과 싸워 나가야만 하는 쇼지에게 나는 무엇을 해줄 수 있을까? 녀석에게 진실을 말해 줘야 하는 걸까……? 아니, 그럴 수는 없어…….

정신을 차리고 보니 교무실에는 야마모토 선생님 혼자밖에 없었다.

입학식으로부터 1개월 반이 지났다.

그날의 마지막 수업은 음악시간이었다.

"호리우치, 미안하지만 쇼지를 운동장에 있는 모래밭까지 데려다 주지 않을래?"

음악실로 찾아온 야마모토 선생님이 쓰토무에게 이렇게 부탁했다.

"준, 너 뭐 잘못한 거 있어? 선생님이 운동장에 있는 모래밭까지 데리고 오라고 아주 무서운 얼굴로 말씀하셨어."

"이런 몸으로 뭘 할 수 있다고 그러는 거야?"

"그렇지, 못하지, 못해."

쓰토무는 준을 휠체어에 태워 운동장으로 서둘러 갔다.

축구부 부원들이 상의를 벗어부친 채 준비체조를 하고 있었다. 초여름 햇살 아래 드러난 그 몸들은 하나같이 건강하기 짝이 없었다. 양 다리의 근육이 꿈틀꿈틀 춤을 추고 있었다. 준은 눈부시다는 듯한 시선으로 그들을 바라보았다.

모래밭에서 야마모토 선생님이 기다리고 있었다.

"야아, 호리우치 수고했다. 선생님, 쇼지하고 잠깐 할 얘기가 있어서. 고맙다."

"그럼 쇼짱, 내일 또 봐."

쓰토무는 준에게 손을 흔들고 교사 쪽으로 달려갔다. 야마모토 선생님은 준과 마주보고 섰다.

"준, 학교에 오는 게 즐겁니?"

"……네."

"선생님 눈에는 아무래도 학교에 오는 게 괴로운 것처럼 보이는데."

"그렇지 않아요."

"하지만, 준, 너는 언제나 어두운 표정을 하고 있지 않니? 그렇게 어두운 표정 짓는 것, 이제 그만두지 않을래? 몸도 약한데 마음까지 움츠러들면 다시는 학교에 못 오게 할 거야."

야마모토 선생님이 준의 어깨를 두드리며 말했다.

"준, 네가 할 수 있는 일은 네가 하도록 해라. 남들이 해줬으면 하는 일이 있을 땐 분명하게 말하고. 그 정도도 하지 못하면 앞으로 어떻게 하겠니?

힘들게 우리 학교에 왔으니 네가 먼저 마음을 더 열도록 해라! 알겠냐? 그렇게 하지 못할 거면 이제는 학교에 오지 않아도 된다."

준은 아무 말도 할 수가 없었다. 선생님의 말은 무뚝뚝했지만 준은 그 마음을 잘 알 수 있었다. 준은 말없이 고개를 숙였다. 눈가에 번져 오는 것을 선생님께 보이고 싶지 않았다.

　모래밭 바로 옆에 서 있는 플라타너스 나뭇잎이 쏴아쏴아 흔들렸다. 연습을 하고 있는 축구부원들의 함성소리가 머나먼 세계에서 메아리쳐 오는 것처럼 들렸다.

　"쇼지, 선생님이 네게 꼭 주고 싶은 게 있다."

　야마모토 선생님이 바지 뒷주머니에 꽂아 두었던 것을 꺼내 들었다. 그것은 한 권의 공책이었다. 준은 이상하다는 표정으로 야마모토 선생님을 바라보았다.

　"이 공책에 말이지, 오늘부터 네가 생각한 일들이나 말로는 하지 못했던 것들, 고민, 기쁨, 선생님에게 상의하고 싶은 일, 무엇이든 좋으니 있는 그대로를 적어보지 않겠니……. 선생님도 답장을 쓸 테니. 어때, 쇼지! 쇼지와 선생님의 교환일기."

　준은 공책을 받아 들었다.

　옅은 파란색 표지에 검은 펠트로 된 커다란 글자가 덩그러니 쓰여 있었다. '희망' ― 그 글자가 준의 마음에 스몄다.

　그날 밤, 준은 침대 위에서 선생님께 받은 공책을 펼쳤다. 그리고 파란 줄이 그려져 있는 하얀 종이 위에 연필로 써 내려갔다.

5월 15일

오늘은 야마모토 선생님과 저의 기념일입니다. 이 공책에 저는

거짓 없는 저의 모습을 적어 나갈 생각입니다. 선생님, 저는 입학

했을 때의 일을 기억하고 있습니다. 야마모토 선생님은 저를 업

으시고 학교 안을 안내해 주셨습니다. 선생님은 등이 따뜻하고

다정한 사람이라는 생각이 들었습니다……,

5월 19일

선생님, 오늘 저는 몸 상태가 좋지 않은 듯합니다. 기어서 걷는

것만으로도 금방 다운되어 버립니다.

저는 이 정도로 질 수 없다고 몇 번이고 기어 보았지만

역시 어려웠습니다. 그래도 학교에는 조금이라도

더 많이 가도록 노력하겠습니다.

선생님, 언제나 감사합니다.

선생님으로부터

'조금이라도 더 많이'가 아니라 이 공책이 앞으로도 몇 권이고

계속될 수 있도록 노력해 주시기 바랍니다. 그것이 준에게

바라는 선생님의 유일한 소망입니다.

5월 21일

야마모토 선생님, 저는 지금까지 선생님께서 들어주셨으면 하는 말도 있었지만, 아무래도 말씀드릴 수 없는 일도 있습니다. 선생님을 믿고는 있지만 모두의 보살핌을 받고 있기 때문에 아무래도 말씀드릴 수가 없습니다. 이럴 때는 어떻게 해야 좋은 건지, 어머니에게도 걱정을 하실까 봐 말씀드릴 수 없습니다. 선생님, 오늘도 감사합니다.

. 교환일기가 시작되었다. 연필을 쥔 손에 힘이 들어가지 않는 적도 있었지만 준은 한 글자, 한 글자에 마음을 담았다.

선생님으로부터

쇼지. 지금부터가 진짜 승부입니다. 자신이 생각하고 있는 일이나 마음에 있는 것을 분명하게 말할 수 있도록 하세요. 쇼지가 아무리 힘들어도 선생님이 꼭 어떻게든 해볼 테니!

5월 23일

선생님, 오늘은 집까지 바래다주셔서 감사합니다. 가끔 선생님

이 바래다주셨으면 좋을 텐데, 어쨌든 오늘은 기뻤습니다.

앞으로 여러 가지로 상의를 드려도 되겠습니까? 오늘은 정말 기

뻤습니다. 감사합니다. 선생님도 야구를 좋아하시죠? 선생님은

프로야구 팀 중에서 자이언츠를 좋아하시지만 저는 한신의

팬이니 응원을 할때는 서로 적입니다. 선생님, 정말 감사합니다.

선생님으로부터

쇼지를 위해 조금이나마 힘이 될 수 있도록 노력하겠습니다.

반 친구들은 어떻습니까? 이렇게 해주었으면 좋겠다고 생각한

일이 있으면 꼭 얘기해주기 바랍니다.

5월 24일

야마모토 선생님,

지금은 반 친구들 전부가 잘 해주기 때문에 해줬으면 좋겠다고

바라는 일은 없습니다. 야마모토 선생님은 야구부 선생님이셨

지요? 제가 들어가고 싶었던 부가, 운동 중에서는 야구부였습니

다. 하지만 그럴 수 없어서 참으로 안타깝습니다. 야마모토 선생

님이 야구하시는 모습을 한 번 보고 싶습니다.

야마모토 선생님, 감사합니다.

5월 27일

선생님, 어젯밤에는 오랜만에 꿈을 꿨습니다. 야마모토 선생님

과 캐치 볼을 하는 꿈이었습니다. 선생님이 던진 공을 제가 받는

꿈이었습니다. 하지만 앉아서 공을 받았습니다.

다음에는 서서 공을 받는 꿈을 꿨으면 좋겠다고 생각했습니다.

선생님, 오늘도 감사합니다.

5월 29일

선생님과 저는 매일 캐치볼을 하고 있습니다. 선생님은 제가

실수를 하면 커다란 소리로 화를 내십니다. 제가 조금이라도

마음이 약해지면 격려를 해줍니다. 저는 그것이 기쁩니다.

선생님, 오늘도 감사합니다.

5월 31일

선생님, 요즘에는 오래 서 있을 수 없게 됐습니다.

선생님과 반 친구들에게 피해만 주게 되면 저는 이제

틀린 걸까 하는 생각이 듭니다. 그런 날에는 언제나 꿈속에서

선생님과 캐치볼을 합니다.

야마모토 선생님, 오늘도 감사합니다.

교환일기를 읽을 때마다 야마모토 선생님은 준의 말이 가슴을 때렸다.

잘하고 있다, 잘하고 있어!

선생님은 그렇게 중얼거리며 공책을 꼭 쥐었다. 일기는 '마음의 캐치볼'이라는 역할을 수행하며 하루하루 선생님과 준 사이를 오가게 되었다.

별똥별에게 소원을

유스케가 반은 장난치는 듯한 투로 말했다.
"그럼 우리 네 사람은 구리고 구린 사이, '구린 인연이네.'"
다섯 명은 배를 움켜쥐고 웃었다.

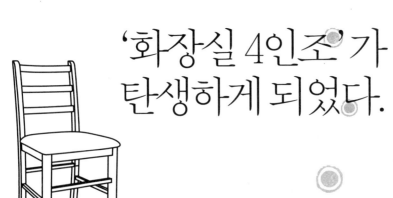

'화장실 4인조'가
탄생하게 되었다.

· 별똥별에게 소망을

화장실 4인조 탄생!

비가 그친 언덕길을 어머니가 미는 휠체어가 오늘도 경쾌하게 전진해 나갔다. 언덕길 너머에 있는 커다란 집의 산울타리에 수국이, 물빛 종이 공을 늘어놓은 것처럼 피어 있었다.

"안녕하세요."

페달에 잔뜩 힘을 주어 자전거를 타고 학교에 가는 여학생이 휠체어를 앞질러 나갔다.

"벌써 2개월이나 지났구나. 엄마는 한 열흘만 지나면 준이 학교에 가기 싫다고 말할 줄 알았는데 하루도 쉰 적이 없네."

교문 앞에서 마침 쓰토무를 만났다.

"쇼짱, 안녕, 오늘은 좀 어때?"

"응, 그럭저럭 괜찮아."

쓰토무가 어머니대신 휠체어를 밀었다.

"어머니, 매일 힘드시죠? 쇼짱을 돌보는 건 가능한 한 제가 할게요."

"그런 말 하지 않아도 된다, 호리우치."

"아니에요, 어머니, 저한테 맡기세요. 오늘부터는요, 쉬는 시간하고 점심시간에 화장실에 가는 거, 어머니는 안 오셔도 되니 집에 계세요. 쇼짱이 화장실 가는 거 정도는 제가 어떻게든 해볼 테니까요. 아셨죠? 그렇게 하세요."

"하지만, 호리우치, 그러면 미안해서."

"저한테 맡기세요, 어머니."

쓰토무는 빙그레 웃으며 손가락으로 V자를 그려 보였다. 입학식 이후 쓰토무는 언제나 준에게 신경을 써 주었다. 어머니는 그런 호의를 순수하게 받아들이고 감사하기로 했다.

"그럼, 호리우치, 그렇게 하도록 할게, 정말 고맙구나."

어머니는 휠체어를 쓰토무에게 맡긴 채 두 사람의 뒷모습을 바라보았다.

2교시가 끝났다. 쓰토무는 서둘러 준의 자리로 갔다. 그리고 귓가에 대고 속삭이는 듯한 목소리로 말했다.

"야, 쇼짱, 얼른 해치우자."

쓰토무는 준을 업고 화장실로 발걸음을 재촉했다.

"너, 정말 가벼운데."

"그럴 거야, 30킬로그램 조금 넘으니까."

"키는 나보다 큰데. 좀 더 많이 먹도록 해. 넌 편식이 심하잖아."

"아니, 많이 먹기는 하는데 살이 전혀 찌질 않아."

준을 업고 화장실에서 나오는데 누군가가 힘껏 몸을 부딪쳐 왔다. 쓰토무는 비틀거리다 준을 업은 채 벽에 부딪치고 말았다.

"야, 호리우치, 너 눈을 어디다 달고 다니는 거야! 하하하하, 이 녀석, 저거 좀 봐, 코끼리처럼 조그만 눈을 하고 있어."

부딪친 상대가 좋질 않았다. 반은 다르지만 1학년생 불량 서클의 보스인 하라다 다쿠야였다. 하라다는 뒤따라온 세 명의 부하들과 함께 킬킬거리며 웃고 있었다.

"어라, 너 언제부터 엄마가 됐냐? 등에 아기를 업고 있네. 마음에 안 드는데. 너 이 녀석을 업어 주고, 그걸로 착한 일을 하는 거라 생각하고 있는 거지? 혼자서만 착한 척하고, 이 녀석!"

화가 난 듯한 얼굴로 하라다가 쓰토무의 가슴을 때렸다.

"그, 그런 게 아니라……."

"뭐라고, 너 나한테 불만 있어?"

쓰토무는 준을 업은 두 손에 힘을 주고 하라다를 매섭게 노려보았다.

"너, 이런 녀석을 돌봐 주다가는 언젠가 큰코다칠 줄 알아. 몸이 안 좋으면, 그런 녀석은 학교 같은 데 안 오면 되잖아. 몸이 안 움직이면 오줌은 그냥 싸면 되잖아. 이 녀석을 위해선 그게 좋아."

하라다는 이렇게 말하더니 쓰토무의 오른쪽 다리를 걷어찼다.

"뭐, 뭐하는 거야……!"

이렇게 외치며 준을 업은 쓰토무가 두어 걸음 비틀거렸다. 그러자 하라다가 다시 한 번 발길질을 했다. 중심을 잃은 쓰토무는 준을 업은 채 넘어지고 말았다.

"제길, 제길."

쓰토무의 눈에서 눈물이 뚝뚝 흘러 내렸다. 벌렁 자빠진 채 준은 하라다와 부하들을 그저 바라볼 수밖에 없었다.

이 두 다리가 움직이기만 한다면 저 녀석들하고 맘껏 싸울 수 있을 텐데…….

준은 몸을 마음대로 움직일 수 없다는 사실이 너무나도 분했다. 터질 것 같은 마음을 진정시키는 데 그날 하루가 걸렸다.

준은 다음 날에도 지지 않고 등교를 했다. 쓰토무도 친구들의 괴롭힘에도 지지 않고 준을 업어 화장실로 데려갔다.

그러던 어느 날 갑자기 아사노 유스케가 쓰토무를 불러 세웠다.

"야, 호리우치, 너만 업고 다니지 말고 나도 준을 업게 해줘."

유스케는 전에부터 쓰토무의 모습을 감탄하며 바라보고 있었다. 자신도 쓰토무를 돕고 싶다는 생각을 가지고는 있었지만 좀처럼 말을 꺼낼 수가 없었다. 반 아이들과 다른 행동을 취하기가 무서웠기 때문이었다.

그래도 유스케는 이날 용기를 내서 말을 해보았다.

그리고 가와이 겐타(河合健太), 나카이 슌(中井瞬)이 준을 도와 주게 되었다. 이렇게 해서 1학년 1반에 쓰토무, 유스케, 겐타 그리고 슌의 '화장실 4인조'가 탄생하게 되었다.

"우린 준과는 떼려야 뗄 수 없는 관계야. 안 그래? 서로 고추를 보여주는 관계니까."

겐타가 이렇게 말했다. 그러자 유스케가 반은 장난치는 듯한 투로 말했다.

"그럼 우리 네 사람은 구리고 구린 사이, 구린 인연이네."

다섯 명은 배를 움켜쥐고 웃었다.

6월 7일

오늘은 감사해야 할 날입니다. 오리우치, 아사노, 나카이 그리고

가와이가 저를 화장실에 데려다 주게 되었습니다. 저는 하루라

도 많이 학교에 가고 싶습니다. 제가 건강해지면 제일 먼저 이

네 사람을 업어 주고 싶습니다. 선생님도 업어 드리고 싶지만 제

가 쓰러질지도 모릅니다. 선생님, 오늘도 감사합니다.

선생님으로부터

준이 조금씩 밝아지고 있기에 친구들도 그냥 보고만 있을 수

없었던 겁니다. 잘 됐습니다. 잘 됐습니다. 준이 얼른 건강해

져서 선생님을 업어 줄 날이 오기를 기대하겠습니다.

교환일기는 준에게 힘을 내야겠다는 용기를 심어 주었다. 그날 있었던 일을 솔직하게 기록함으로 해서 준은 조금씩 밝아져 갔다.

달력이 7월로 바뀌어 있었다. 학교에서 돌아온 준이 어머니에게 말했다.

"왜 이러지, 눈앞이 뿌연 것 같아."

어머니가 준의 눈을 들여다보니, 새빨갰다.

"세균이라도 들어간 걸까?!"

병원에서 진찰을 받아 보니 알레르기성 결막염이라는 것이었다. 어머니는 불안감에 휩싸였다.

준의 병은 하루도 쉬지 않고 진행되고 있어…….

어머니는 아무런 소리도 없이 슬금슬금 다가오는 검은 그림자가 그저 두렵기만 했다.

조그만 송충이

수학 수업이 끝나고 점심시간이 되자 교실 안이 시끌벅적해졌다. 급식당번이 분주하게 준비를 시작했다.

조금 전부터 준은 더 이상 참을 수 없는 상태였다.

이젠 쌀 것 같아…….

준의 자리는 교단 바로 앞에 있는 자리였다. 뒤를 돌아 쓰토무를 향해서 손을 흔들었다. 그러나 쓰토무는 옆자리에 있는 요코다와 이야기를 하느라 정신이 없었다. 쓰토무의 옆자리에 있는 여학생 고토 마유미가 눈치를 채고 쓰토무에게 알려주었다.

쓰토무가 황급히 준에게로 갔다.

"미안, 부탁해."

"오늘은 왜 이러지? 3교시가 끝나고도 갔었잖아."

"그게 아니야, 다른 쪽이야."

"뭐야, 큰거야?"

"그렇게 큰소리로 말하지 마."

쓰토무는 그거 큰일이라는 듯, 준을 업고 빠른 걸음으로 화장실로 달려갔다. 양식 변기에 '영차' 하며 간신히 준을 앉혔다.

"오늘 아침에 집에서 나올 때 우유를 너무 많이 마셨나 봐."

"준, 나 밖에서 기다릴 테니 끝나며 문을 두드려. 알았지, 꼭 붙들고 있지 않으면 자빠진다."

"그렇게 걱정하지 않아도 괜찮아."

화장실에서 돌아오니 식사 준비가 되어 있었다. 모두 재잘재잘 떠들어 가면서 활기차게 입을 움직이고 있었다. 빵을 한입 베어 물고 된장국 식기를 집어 든 준은 깜짝 놀랐다.

된장국이 움직이고 있네……!

그 무렵 시력이 조금씩 떨어지고 있었지만 그 때문은 아니었다. 된장국이 담긴 컵 속에서 틀림없이 무엇인가가 움직이고 있었다.

뭐지? 움직이는 된장국은 처음 보는데.

준은 꿈틀꿈틀 움직이는 것을 집어내고는 깜짝 놀랐다. 그것은 조그만 송충이였다. 그러나 준은 소리를 지르지는 않았다. 흐릿한 눈으로 컵 안을 가만히 들여다보았다. 열 마리 정

도 되는 송충이가 뜨거운 액체 속에서 단말마의 비명을 올리
고 있는 것 같았다.

　누굴까, 이렇게 심한 장난을 친 녀석은…… 화장
실에 가 있는 동안 반은 장난삼아 넣은 거겠지.
　준의 가슴은 분노보다도 슬픔으로 가득했다.

　이걸 넣은 녀석은 틀림없이 내가 소리를 지르며
소란을 피울 거라고 생각했을 거야. 하지만 그렇
게 생각대로 움직여 줄 수는 없지…….
　준은 아무렇지도 않다는 표정으로 된장국을 살짝 한 모금
마셨다. 그리고 다시 한 모금, 이번에는 꿀꺽 마셨다. 그런 다
음 교실 뒤쪽을 향해서 슬픈 눈빛을 던졌다. 그러자 까까머리
를 한 세 명이 슬금슬금 교실 밖으로 나가는 모습이 보였다.

　내가 자만에 빠져 있었던 거야. 호리우치랑 친
구들이 내게 잘해 주니까 혼자 우쭐해 있었던 거
야. 나에 대해서 '저런 녀석이 왜 학교에 오는 거

야.' 라고 생각하고 있는 친구들도 있었던 거야. 지금 교실 밖으로 나간 녀석들도 그렇게 생각하고 있을지 몰라……

장마는 아직도 계속되었다. 어느 사이엔가 창밖으로 끈적끈적한 비가 내리기 시작했다.

머릿속에까지 곰팡이가 슬 것 같은 비구나…….

준은 비에 젖은 교정을 멍하니 바라보았다. 그 빗속으로 오도카니 서 있는 자신의 초등학교 6학년 때의 모습이 보였다.

그것은 9월의 비가 보슬보슬 내리던 날, 오른쪽 다리를 끌며 책가방을 메고 우산을 쓴 준의 모습이었다. 서둘러 집으로 가는 초등학생들이 하나둘 준을 앞질러 갔다.

쳇, 잘난 척 앞질러 가고 있어.

준은 화가 난다는 듯 그들을 바라보았다. 준이 걸을 때마다 등에 있는 책가방과 손에 든 우산이 크게 좌우로 흔들렸다.

"야아, 쩔뚝이가 왔다."

대여섯 명의 남자아이들이 저쪽 앞에서 길을 가로막고 있었다. 6학년도 있고 4, 5학년 아이들도 있었다. 얼굴은 본 적이 있지만 이름은 모르는 녀석들뿐이었다.

"에이, 쩔뚝이, 쩔뚝이."

모두가 장단에 맞춰서 놀려대고 있었다. 준의 몸이 흔들리는 모습을 쩔뚝이라고 표현하여 그것을 별명으로 붙인 것이었다.

"야, 쩔뚝아, 억울하면 뛰어 봐."

6학년생인지 키가 커다란 소년이 비웃듯 말했다.

제길! 상대가 이렇게 많아서는 도저히 이길 수 없지.

준은 입술을 씹으며 모르는 척하고 지나가기로 마음먹었다.

"지나갈 수 있으면 지나가 봐."

그런 말이 들렸는가 싶더니 준을 향해서 돌멩이가 날아왔다.

"야아, 쩔뚝이님이 납시셨다~."

소년들은 저마다 기성을 올리며 돌을 주워 준을 향해 던졌다. 준은 손에 들고 있던 우산으로 간신히 막았다.

"야이, 야이, 네 다리는 좀 있으면 없어질 거야!"

"어른이 되기 전에 죽을 거야!"

이런 놀리는 말과 함께 돌멩이의 공격이 더욱 거세졌다.

퍽, 커다란 돌이 준의 왼쪽 무릎 부근에 명중했다. 준은 비틀거렸다. 그 바람에 우산이 날아가 버리고 말았다. 돌멩이가 소리를 울리며 날아와 준의 이마에 맞았다. 순간 이마가 뜨끔했다.

"제길!"

준은 커다란 소리를 올리며 그대로 시냇가 속으로 엉덩방아를 찧고 말았다. 물이 튀어 올랐으며 준은 몸부림을 쳤다. 깨진 이마에서 피가 흘러 떨어졌다.

"……그만, 집에 가자, 집에 가."

소년들은 준의 이마에서 흘러내리는 피에 놀라 허겁지겁 뛰어가기 시작했다.

다리가 약간 좋지 않은 것뿐인데 왜 이런 일을 당해야 하지? 나 같은 놈이 뭐 하러 이 세상에 태어난 걸까. 태어나지 말았으면 좋았을 걸…….

준은 이를 악물고 흠뻑 젖은 몸을 일으켜 세웠다.

1학년 1반의 창을 통해서 본 교정에는 아무도 없었다. 비는 여전히 내리고 있었다. 점심시간, 교실의 웅성거림이 준의 귀에는 전혀 들리지 않았다.

한 사람이라도 좋으니 내 마음을 알아주는 사람이 더 늘었으면 좋겠는데……

준은 언제까지고 창밖만을 바라보고 있었다.

1학기도 이제는 2주일밖에 남지 않았다.

교환일기는 쉼 없이 계속되고 있었다.

7월 5일

야마모토 선생님, 저 오늘부터 스스로 결심한 일이 있습니다.

선생님께만 말씀드리겠습니다. 오늘부터는 눈이 아파도 매일

30분씩 책상에 앉아 있겠습니다. 공부를 하겠습니다.

1학기에는 공부를 못해서 죄송합니다.

선생님, 감사합니다.

7월 16일

선생님, 2학기는 무슨 일이 있어도 열심히 할 테니 1학기 때의

점수를 비웃지 말아 주십시오.

선생님, 손이 무거운데 단지 지쳐서 그런 걸까요? 어머니는 바로

병원에 가자고 하시기 때문에 말하기가 무섭습니다.

선생님, 오늘도 감사합니다.

선생님으로부터

쇼지도 열심히 공부했다고 영어 선생님께서 말씀하셨습니다.

선생님은 의사 선생님이 아니기 때문에 무엇이 원인인지

알 수 없습니다. 어머니 말씀대로 병원에 가보는 것이 좋을 것

같습니다.

쇼지의 병은, 조금씩이기는 하지만 확실하게 진행되고 있어……

교환일기에 답장을 쓰면서 야마모토 선생님은 참을 수 없는 기분이 들었다.

다음날 점심시간, 야마모토 선생님이 교실을 잠깐 들여다보고 있는데 두 학생이,

"선생님, 잠깐 드릴 말씀이 있습니다." 라고 말을 걸었다. 평소에 늘 준에게 신경을 써 주고 있는 가와이 겐타와 나카이 슌이었다. 선생님은 복도 구석에서 이야기를 들었다.

"무슨 일이냐? 기말 시험 얘기냐?"

"아니요, 쇼짱 때문에요."

슌이 진지한 얼굴로 선생님을 바라보았다.

"쇼지한테 무슨 일이 있었니?"

"선생님, 쇼짱 급식도 잘 먹는데 왜 못 움직이는 거예요? 쇼짱, 힘이 전혀 없는데, 선생님, 왜 그러는 거죠?"

야마모토 선생님은 뭐라고 대답해야 좋을지 몰랐다.

"선생님, 쇼짱을 화장실에 데려가면 얼마 전까지는 제 어깨를 붙잡고 그럭저럭 설 수 있었지만 요즘에는 화장실에서도

제대로 서 있질 못하는데…….”

겐타가 지금 당장이라도 울음을 터뜨릴 것 같은 얼굴로 말했다.

이거 참 곤란하게 됐는데, 뭐라고 대답해야 하는 걸까.

선생님의 얼굴이 일그러졌다. 그리고 괴롭다는 듯이 웃었다.

“얘들아, 쇼지를 걱정해 줘서 고맙구나. 하지만 걱정할 것 없다. 병원에서 치료를 받고 있으니 점점 좋아질 거야. 지금이 제일 힘들 때란다. 앞으로도 쇼지를 잘 돌봐 주기 바란다.”

야마모토 선생님은 두 아이의 까까머리를 살짝 두드린 뒤 교무실을 향해 빠른 걸음으로 걷기 시작했다.

다음날 방과 후, 야마모토 선생님은 버스를 갈아타고 준이 다니고 있는 종합병원의 오모리 선생님을 찾아갔다. 외래환자의 진찰을 마친 병원은 고요했다.

야마모토 선생님이 이렇게 커다란 병원에 발을 들여놓은

것은 체육대학 시절에 부상을 당한 이후 처음 이었기에 약간 긴장을 하고 있는 듯했다.

"저희 반 학생인 쇼지 준의 병은 지금 어떤 상태입니까?"

"솔직히 말씀드리자면 썩 좋은 상태는 아닙니다."

"그렇다면 병이 점점 더 심해질 것이란 말씀이십니까?"

"꼭 그럴 것이라고는 장담할 수 없습니다. 단지, 일반적인 근위축증의 진행 상태를 생각한다면 준도 더 심해질 것 같다는 말씀입니다."

"그렇다면 그 아이는 언제까지 학교에 다닐 수 있겠습니까?"

야마모토 선생님이 오모리 선생님과 대결이라도 펼칠 듯 진지한 눈빛으로 물었다.

"그건 좀 어려운 질문입니다. 그게, 같은 병이라고 해도 전부 증상이 다르니까요. 어쨌든 준의 경우는 과거의 일들을 생각해보면, 10월까지 학교에 다니면 잘 다닌 거라고 할 수 있을 겁니다."

"10월이요……. 앞으로 3개월인가요……?"

야마모토 선생님이 느닷없이 괴성과 같은 소리를 질렀다.

"그럼, 이 정도면 되겠습니까?"

오모리 선생님이 의자에서 일어났다. 냉방이 잘 된 방이었지만 야마모토 선생님의 콧등에서는 땀이 배어 나왔다.

어떻게 이럴 수가 있지. 쇼지가 앞으로 3개월……. 아니 여름방학을 빼면 앞으로 2개월밖에 학교에 나올 수 없다니. 어떻게 해야 되는 거지? 그 아이에게 대체 무엇을 해주면 좋단 말이지.

돌아오는 버스에 올라탄 야마모토 선생님은 몸이 공중에 떠 있는 듯한 느낌이었다.

무언의 전화

오늘도 무더운 하루가 될 것 같았다. 정원에 있는 협죽도의 붉은 꽃이 고개를 숙이고 있었다.

이제 곧 여름방학. 올해는 준을 어디로 데려갈까? 바다가 좋을까, 고산 식물이 꽃향기를 풍기는 산이 좋을까…….

빨래를 널면서 어머니가 이런 생각을 하고 있을 때 부엌에서 전화벨이 울렸다. 어머니는 깜짝 놀랐다.

학교에서 준에게 무슨 일이 있었던 걸까? 이렇게 이른 아침부터 전화할 사람이 없을 텐데.

두근거리는 마음으로 수화기를 들었다.

"여보세요, 쇼지입니다."

수화기 너머에서는 아무런 소리도 들리지 않았다.

"여보세요, 여보세요."

다시 한 번 이렇게 말한 순간 뚝 하고 전화가 끊겼다.

전화를 잘못 걸었으면 미안하다는 말 한마디 정도는 해야 하는 것 아닌가.

어머니는 다시 정원으로 나갔다. 5분쯤 지나자 다시 전화벨이 울렸다.

또 잘못 건 전화일까?

수화기를 귀에 대자 상대방은 이번에도 역시 말이 없었다.

"여보세요, 누구세요?"

상대방은 한마디 말도 하지 않았다.

"여보세요, 여보세요, 저기."

이렇게 말한 뒤 어머니는 전화를 끊으려 했다. 그러자 수화기에서 나지막한 여성의 목소리가 들려왔다.

"당신 말이야, 대체 어쩔 생각이지?"

"네?"

어머니는 갑작스러운 말에 상대방이 무슨 얘기를 하는 건지 알 수가 없었다.

"저, 무슨 말씀이신지."

"무슨 말이냐고? 아직도 모르겠어? 당신 집의 중학생말이야. 학교에 보내는 건 이번 학기까지만 하는 게 어떻겠어? 다른 사람에게 피해가 된다는 생각도 조금은 해야지……. 우리 아이가 공부하는 데 방해가 되면 어떻게 할 건데?"

전화는 일방적으로 끊겼다. 철이 덜 든 어른이 일부러 목소리를 바꿔 가면서까지 전화를 건 것이리라. 어머니는 어두운 터널 속에 있는 것 같은 기분이 들었다.

그날부터 전화는 하루에도 몇 번씩 걸려 왔다. 아무 말도 하지 않는 무언의 전화였다. 밤 2시쯤에도 전화가 걸려 왔다.

아무런 말도 하지 않는 전화가 어머니에게는 괴물처럼 여겨지기 시작했다.

처음, 어머니는 이 무언의 전화에 관한 일을 아버지에게는 비밀로 하고 있었다. 쓸데없는 걱정을 끼치고 싶지 않았기 때문이었다.

그러나 아버지는 그 사실을 알고 있었다. 밤늦게 일을 마친 아버지가 집으로 돌아와 보니 모두가 깊이 잠들어 있었다. 부엌의 식탁에서 혼자 맥주를 마시고 있는데 갑자기 전화가 울렸다.

"여보세요, 여보세요……."

수화기 너머에서 상대방의 숨소리가 들려온 듯했지만, 전화는 그대로 뚝 끊겨 버리고 말았다. 그런 일이 서너 번 정도 거듭되었다.

그러던 어느 날, 그날은 늦게 출근해도 되는 날이었기에 점심 조금 전에 일을 하러 나가려던 아버지가 어머니에게 말했다.

"요즘 우리 전화가 약간 고장 난 것 같던데. 밤에 잘 때는 이불로 덮어놓는 게 좋을 것 같아."

어머니는 아버지의 생각에 약간 감탄하지 않을 수 없었다. 그날 밤부터 전화를 이불로 덮어놓아 소리가 들리지 않게 했다.

뚜루루루, 루—, 뚜루루루, 루—

그래도 전화는 어머니를 괴롭혔다. 그 소리를 들으면 머리가 이상해질 것만 같았다. 어째서 이렇게 잔인한 짓을 하는 사람이 있는 걸까 하는 생각에 슬퍼서 견딜 수가 없었다. 그 후에도 무언의 전화는 끈질기게 계속 걸려 왔다.

또 전화뿐만 아니라 이런 편지가 배달되어 온 적도 있었다.

몰염치한 어머니와 아들에게!

애초부터 자기 몸을 스스로 돌보지 못하는 녀석은 양호학교로 갔어야 했다.

장애를 무기로 주위 사람들로부터 동정을 사고 있는 너희들. 그리고 학교와 선생님도 장애자를 돌봐 주면 그만큼 자신들이 명예를 얻을 수 있기에 열심히 돌봐 주고 있다.

한 사람의 장애자가 여러 사람의 발목을 잡는 일은 그만두도록 하라. 알겠는가. 잔말 말고 양호학교로 가라!

보내는 사람의 이름이 적혀 있지 않은 편지의 글자들이 어머니의 눈에는 끔찍한 마귀처럼 보였다.

준도 최선을 다하고 있어. 이 정도 일에 질 줄 알고?

어머니는 편지를 찢어 버리면서 마음을 다잡았다.

여름방학이 찾아왔다.

바다로 갈까 산으로 갈까 고민을 하던 '가족여행'은 준의 제안으로 단번에 무산되고 말았다.

"엄마, 부탁이 있는데."

아침을 먹고 난 뒤, 준이 어머니에게 말했다.

"어머, 준이 부탁을 하다니, 별일도 다 있네. 대체 뭐니?"

"천체망원경을 사줬으면 해."

"천체망원경?"

어머니가 눈을 둥그렇게 떴다.

"그러니까 올해는 아무 데도 가지 않아도 돼."

"천체망원경이라. 그래, 준은 어렸을 때부터 별 보는 걸 좋아했었지. 이담에 우주를 연구하는 박사가 되실 생각이신가?"

"놀리지 마, 엄마."

"알았어, 알았어. 아빠와 상의해 볼게."

그로부터 일주일쯤 뒤에 백화점에서 커다란 꾸러미가 도착했다. 아버지가 허락을 하셨기에 어머니와 준이 주문을 해 두었던 대망의 천체망원경이 꾸러미 속에서 얼굴을 내밀었다.

준은 바로 그것을 조립한 뒤 환성을 올렸다. 준은 밤이 오기를 기다리기가 너무 지루해서 견딜 수가 없었다.

저녁을 서둘러 먹고 난 뒤 아버지, 어머니 그리고 누나인 유키, 가족 모두가 시냇가로 발걸음을 옮겼다. 아버지는 이 날을 위해서 장거리 트럭의 일을 하루 연기하고 평소보다 일찍 집에 돌아와 있었다.

올려다본 하늘은 별들의 천국이었다. 휠체어에서 몸을 앞으로 내밀어 준이 천체망원경을 열심히 설치했다.

손과 팔의 기운도 벌써 많이 떨어졌을 텐데, 정말 신기하네……. 망원경을 만질 때는 힘이 넘치는 것 같으니.

어머니는 마음속으로 박수를 보냈다. 준은 쉬지 않고 망원경을 들여다보았다.

"8시쯤이면 전갈좌가 보일 텐데."

끌어안고 온 〈별과 친구〉라는 책을 준은 몇 번이고 살펴보며 고개를 갸웃거렸다.

"준, 나도 좀 보여줘."

유키가 더 참지 못하고 말했다. 유키는 천체망원경을 들여다보았다.

"아무 것도 안 보이잖아."

"왼쪽 눈을 감아야지."

준이 선생님 같은 투로 말했다.

"와, 대단해, 대단해. 마치 눈의 결정을 뿌려 놓은 것 같아."

"누나, 입 좀 다물고 봐."

그 다음 아버지와 어머니가 차례대로 망원경을 들여다보았다.

"이야, 별을 보는 것도 정말 오랜만이네. 올 여름에는 준 덕분에 우주여행을 갈 수 있겠구나."

아버지가 만족스럽다는 듯이 웃었다. 순간 하늘을 올려다보고 있던 유키가 '와앗' 하고 소리를 질렀다.

"봐, 별똥별이야, 저기, 별똥별."

모두가 일제히 하늘을 올려다보았다.

"별똥별에게 소원을 빌면 그 소원이 이루어진대."

누나 유키가 환상에 잠긴 듯한 목소리로 말했다.

"그건, 어째서?"

어머니가 망원경을 들여다보면서 물었다.

"그러니까, 멀고 먼 옛날얘긴데, 저 천체를 다스리던 여신이 약간 심심해서 궁전의 창문을 열고 밖을 바라보고 있었대. 그런데 여신의 자식들, 그건 아주 많아, 그 아기별이……. 그 중에서도 장난꾸러기 아이가 폴짝 창문 밖으로 뛰어내렸어. 그 장난꾸러기가 별똥별이 되는 건데, 그것을 본 여신이 창밖으로 얼굴을 내밀고 '얘야, 돌아오너라.' 라고 외쳤어. 그러니까 별똥별이 떨어질 때는 여신이 얼굴을 내밀고 있기 때문에 그 사이에 소원을 말하면 이루어지는 거래."

"그래? 누나는 모르는 게 없네."

준이 감탄의 눈길로 누나를 바라봤다. 네 식구는 언제까지고 나란히 서서 별을 올려다보았다.

"별똥별과 소원이라……."

아버지가 중얼거렸다. 네 사람의 마음속에 있는 소원, 그것은 오직 하나밖에 없었다.

생명의 그릇 3

교실이 하나의 상자가 되었고 그것이 얼어붙은 것처럼 소리 하나 들리지 않았다.
반 전원이 무엇인가에 묶인 것처럼 되어 버렸다.

힘 내, 힘 내!
병 따위에 져서는 안 돼,
지면 용서하지 않겠어!

· 생명의 그릇

기울어진 푸른 하늘

2학기가 시작되었다. 물이 떨어질 듯 푸른 하늘 밑으로 준의 휠체어가 어머니의 숨소리에 맞춰서 학교로 향했다.

가을 운동회 연습으로 모두들 바쁜 모양이었다.

한가한 건 나뿐이구나.

휠체어에 앉은 준은 플라타너스 나무 밑에서 남학생들의

단체 체조를 보고 있었다.

"쇼지, 보고만 있으려니 심심하지? 그래도 참아 주기 바란다."

야마모토 선생님이 준에게 말을 걸었다.

"아니에요. 보고만 있어도 참가하고 있는 것 같은 기분이 들어요."

웃으며 말하는 준의 마음을, 선생님은 가슴이 아플 정도로 잘 알고 있었다.

하다못해 10분이라도 좋아. 아니 1분이라도 좋아. 아이들과 함께 어우러져 쇼지가 마음껏 몸을 움직일 수 있다면 좋을 텐데.

도저히 불가능한 일인 줄 알면서도 어떻게든 해보고 싶다는 안타까운 마음이 야마모토 선생님의 가슴을 아프게 했다.

그로부터 일주일쯤 지난 어느 날, 점심시간의 일이었다. 반 아이들의 대부분은 교정으로 놀러 나갔고 교실에는 준 외에

두어 명의 학생이 더 있을 뿐이었다.

"쇼짱, 날씨 좋은데 밖으로 나가자."

쓰토무가 다가와 휠체어를 이동시키려 했다.

"나는 나가고 싶지 않아. 혼자 교실에 있고 싶어."

"그런 소리 하지 마, 쇼짱, 바깥바람을 쐬면 기분이 좋아질 거야."

"그냥 내버려둬, 혼자 있고 싶으니까."

준이 몸에 힘을 주며 강한 어조로 말했다. 쓰토무는 무슨 말을 하려 했지만 어떤 말도 듣고 싶지 않다는 듯한 준의 뒷모습을 보고 할말을 잃었다.

"……, 그럼, 난……."

조그만 목소리로 이렇게 말한 쓰토무는 교실 밖으로 달려나갔다.

준이 그런 태도를 취한 데는 나름대로 이유가 있었다. 이틀 전의 방과 후, 준은 교실에서 어머니가 데리러 오기를 기다리고 있었다. 교실에는 네다섯 명 정도의 여학생들이 남아 있을 뿐이었다.

"쇼지, 저기 말인데……."

뒤돌아보니 고토 마유미가 서 있었다. 평소 여학생들과는 거의 이야기를 나눠 본 적이 없었기에 준은 약간 놀랐다.

"저기, 이런 말 하는 건 쓸데없는 참견일지도 모르겠지만……, 그래도 쇼지한테 말해 두는 편이 나을 것 같아서."

마유미가 비밀얘기라도 하듯 목소리를 죽여서 이야기했다.

"나, 나한테 무슨?!"

"호리우치 말이지, 얼마 전부터 다른 애들이 심하게 괴롭히고 있는 거 알고 있어?"

"누, 누가?!"

"누구긴, 하라다랑 같이 다니는 애들이지. 4일 전에는 몰매를 맞아서 코피가 좀처럼 멈추지 않았었나봐."

"……"

"쇼지도 약간은 생각해보는 게 좋지 않을까? 너무 호리우치의 호의에만 기대고 있으면, 다른 아이들 눈에는 호리우치가 언제나 잘난 척하고 있는 것처럼 보여서 모두에게 괴롭힘을 당하게 될지도 모르니까."

"그래, 그랬었구나……."

준의 눈이 슬프다는 듯이 일그러졌다.

"미안해, 쓸데없는 소리를 해서……. 정말 미안해."

고개를 숙인 준을 보고 마유미는 약간 놀란 듯, 까딱 고개를 숙인 뒤 서둘러 교실 밖으로 나갔다.

나는 너무 기대고 있어. 안 돼, 안 돼. 호리우치의 짐이 되기 위해서 학교에 다니는 게 아니잖아.

달릴 수만 있다면 휠체어에서 벌떡 일어나 어딘가 낯선 거리로 가 버리고 싶어…….

그런 생각이 준의 가슴속에서 불쑥 솟아올랐다.

그러던 어느 날의 일, 음악 수업이 끝나고 3층에 있는 음악실에서 쓰토무의 등에 업혀 1층에 있는 1학년 1반 교실로 이동을 할 때였다.

"호리우치 잠깐 하고 싶은 얘기가 있는데."

준이 낮은 목소리로 말했다.

"뭔데, 그렇게 심각한 투로 말하는 거야? 폼 잡지 말고 말해봐, 쇼짱."

"아니, 아무도 없는 데서 이야기하고 싶어."

휠체어에 준을 태우고 쓰토무가 교정으로 나갔다. 야구부

부실 뒤에서 쓰토무가 휠체어를 세웠다.

"뭔데, 쇼짱."

"호리우치, 너 나 때문에 아주 힘든 일을 겪고 있다며?"

"힘든 일이라니?"

"숨기지 않아도 돼. 너, 내 휠체어를 밀기도 하고 화장실에 데려다 주기도 하고 굉장히 힘들지?"

"왜 이제 와서 그런 소리 하는 거야?"

"됐어, 이젠 하지 않아도 돼. 네가 나한테 친절하게 해주는 건 고맙지만, 너 얼마 전 집에 가는 길에 하라다 패거리들한테 당했다며?"

"그건 너랑 상관없는 일이야."

"그렇지 않아, 난 다 알고 있어. 호리우치, 앞으로는 내 일에 참견하지 마."

"어째서? 난 그냥 쇼짱이 보기에 딱해서 그러는 것뿐인데."

"그런 동정 따위 필요 없어!"

"뭐라고?"

쓰토무는 숨을 거칠게 몰아쉬며 휠체어에 앉은 준에게 다가갔다.

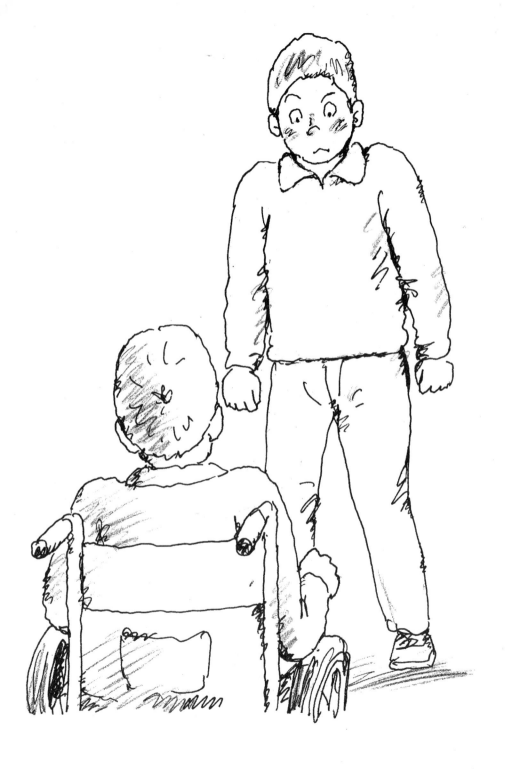

"그래, 다른 사람한테 동정 받기는 죽어도 싫어."

준의 눈이 쓰토무를 노려보았다. 쓰토무가 휠체어 앞으로 바싹 다가섰다.

"쇼짱, 다시 한 번 말해 봐."

주먹을 추켜올린 쓰토무는 입술을 부르르 떨었다.

"몇 번이고 말해주지. 나는 싸구려 동정 같은 거 바라지 않아."

"이 녀석!"

쓰토무의 오른손이 준의 얼굴을 때렸다. 쓰토무는 오른쪽 발로 휠체어를 걷어찼다.

"이 녀석, 이 녀석!"

쓰토무의 눈에서 눈물이 흘렀고, 쓰토무의 몸이 그대로 휠체어를 덮쳤다.

덜커덩.

푸른 하늘이 기우뚱하더니 휠체어가 옆으로 쓰러졌다. 준은 휠체어에서 튕겨져 나갔다. 준의 입술에서 피가 살짝 흘러나왔다.

"야, 이 녀석들, 뭐하고 있는 거야?"

교정 저쪽에서부터 야마모토 선생님의 소리가 점점 가까워지고 있는 것을 준은 멍하니 듣고 있었다.

  10월이 찾아왔다. 야마모토 선생님은 하루하루 가슴을 쓸
어내리며 준을 지켜봤다. 그러나 준은 마치 자기 자신을 뒤에
서 밀고 있기라도 하듯 건강하게 등교를 했다.

  잘하고 있다, 잘하고 있어.

  야마모토 선생님은 준을 볼 때마다 마음속으로 이 말을 주
문처럼 중얼거렸다. 병원의 선생님이,

  "학교에 갈 수 있는 건 10월 정도까지일 겁니다." 라고 했
던 예측은 멋지게 빗나가고 말았다.

  준은 중학교 1학년의 학교생활을, 겨우 10일 정도만 결석했
을 뿐, 종업식을 맞이하고 있었다.

  1학년 1반의 담임이 된 뒤로 야마모토 선생님은,

  어떻게든 1년만 지나가라.

  솔직히 이렇게 생각하고 있었다. 언제나 도망칠 궁리만 했
던 자신을 교사로서 부끄럽게 생각하기도 했다. 그러나 종업

식을 맞았을 때에는 마음이 놓인 것도 사실이었다.

　다행이다. 이제는 짐을 내려놓게 됐어. 다음 선생님한테 바통 터치하면 돼.

　야마모토 선생님은 이런 자신이 한심하게 느껴졌지만, 준을 보고 있으면 불쌍해서 견딜 수가 없었다. 아무것도 해줄 수 없는 자신에게 화가 나기도 했다.

　봄방학 때 열린 직원회의에서 각 반의 담임을 정하기로 했다.

　"야마모토 선생님, 힘드신 줄은 압니다만 1년 만 더 쇼지의 반을 맡아 주지 않으시겠습니까?"

　교장 선생님이 온화한 목소리로 말씀하셨다. 야마모토 선생님은 '네.' 라는 대답이 바로 나오지 않았다. 마음이 무겁게 가라앉았다. 2학년이 시작되기 며칠 전의 일이었다. 봄방학 중의 당직이었기에 출근을 했던 야마모토 선생님은 집으로 돌아가는 길에 휠체어를 타고 산책을 하고 있는 준과 어머니를 만났다.

　"이야, 오랜만인데. 몸은 좀 어때?"

　"덕분에 요즘 상태가 좋습니다. 학교가 빨리 시작됐으면 좋겠다고 아주 시끄러울 지경이랍니다."

어머니가 방긋 웃으며 머리를 숙였다.

"그거 잘 됐구나. ……저기, 쇼지, 선생님 말이다 2학년 때도 너희 반을 맡게 됐단다."

"옛, 선생님, 정말이에요? 정말 또 선생님하고 같이 있을 수 있나요?"

"그럼, 교환일기도 아직 끝나지 않았잖아……."

"맞아, 그랬었지."

준의 눈이 한없이 밝게 빛났다.

내가 담임이라고 말했을 뿐인데 쇼지 녀석이 그렇게 기뻐하다니. 나는 꽁무니를 뺄 생각만 하고 있었는데. 그래, 쇼지와 끝까지 가보기로 하자. 그리고 쇼지와 다른 아이들이 힘을 하나로 합칠 수 있는 반을 만들어 보기로 하자.

야마모토 선생님은 걸으면서 이렇게 결심했다. 무거웠던 마음이 단번에 가벼워진 듯한 느낌이었다.

2학년 1반은 친구들도 선생님도 1학년 때 그대로였다.

"앞으로는 내 일에 참견하지 마."

이렇게 말하며 쓰토무에 대해서 굳게 마음을 닫아 버린 적도 있었던 준이었지만 지금은 한결같은 쓰토무의 우정을 진심으로 받아들일 수 있게 되었다.

'화장실 4인조'의 활동은 쉬지 않고 계속되었다. 조그만 괴롭힘이나 악의 섞인 장난도 있었지만 준을 이해해주는 친구들도 늘어 갔다.

그런데 5월 말부터 준의 몸이 쉽게 피로를 느끼게 되었다. 1학년 때에는 6시간 수업을 그럭저럭 다 들을 수 있었지만 2학년이 된 뒤로는 교실에 있을 수 있는 시간이 점점 줄어들었다.

"쇼짱, 머리 아프니?"

쓰토무가 쉬는 시간마다 준의 상태를 걱정했다.

"괜찮아, 머리가 약간 멍할 뿐이야."

준은 어질어질한 머리를 자꾸만 두드렸다. 영어 시간이었다.

"쇼지, 5페이지 처음부터 읽어보세요."

올해 여대를 졸업하고 갓 선생님이 된 마스다 선생님이 말했다.

준은 손을 크게 떨며 쥐어 짜내는 듯한 목소리로 교과서를 읽기 시작했다.

"I'm afraid must……"

눈앞이 안개 낀 것처럼 뿌옇게 보이더니, 준이 책상 위로 쓰러졌다.

"쇼지, 왜 그러니?"

마스다 선생님이 달려갔다. 교과서가 피로 새빨갛게 물들어 있었다. 코에서 피가 흘러나오고 있었다. 마스다 선생님은 허둥지둥하며,

"누가 양호실로 가서 선생님을 불러 와!"

여학생처럼 새된 소리를 질렀다.

그날부터 준은 오전의 3교시까지만 수업을 받게 되었다. 출석 가능한 시간이 반으로 줄었다.

결국은 반으로 줄어 버렸구나.

준은 그것이 분해서 견딜 수가 없었다.

7월에 들어서자 몸 상태는 더욱 나빠졌다. 식욕이 없어졌고 어딘가를 잡고 일어서는 것도 힘들어서 할 수 없게 되었다. 병

이 소리도 없이 진행되고 있다는 사실을 준은 잘 알 수 있었다.

병을 선언하다

2학년의 여름방학도 얼마 남지 않은 어느 날, 학교에서 돌아오는 길이었다.

"나……, 언제까지 휠체어에 탈 수 있을까? 나……, 엄마보다 먼저 죽는 건가?"

중얼거리듯 준이 말했다. 어머니는 깜짝 놀라 그 자리에 멈춰 섰다.

"무슨 소리 하는 거니? 말도 안 되는 소리."

어머니는 억지로 미소를 지어 보였다.

"엄마, 뭔가 감추고 있지?"

"뭐, 뭘 감추고 있다는 거니?"

"왜 사실을 얘기해주지 않는 거야? 내가 어린애라서 사실을 얘기해주지 않는 거야? 이젠 중학교 2학년인데."

어머니를 노려보며 준이 다그쳤다. 어머니의 얼굴이 창백해졌다.

"나는……, 내 병에 대해서 알고 싶어. 엄마, 사실을 가르쳐 줘. 나도 정확히 알고 싶어."

지금까지 본 적이 없을 정도로 준의 태도는 진지했다. 준은 소리를 내서 울었다.

텅 빈 한낮의 하얀 언덕길이 태양을 반사하고 있었다.

두 개의 조그만 그림자가 세상에 버려진 것처럼 오도카니 서서 움직이질 않았다.

병에 대해서 물은 날 이후부터 준은 '응'이나 '그냥'이라는 말 이외에는 어머니와 거의 말을 하지 않게 되었다.

여름방학도 이제는 일주일밖에 남지 않았다.

마루에 설치해 놓은 천체망원경 옆에 털썩 주저앉은 준은 별자리에 관한 책을 열심히 읽고 있었다.

"준, 잠깐 쉬도록 해라."

어머니가 걱정이 돼서 말을 걸었지만 준은 못 들은 척하고 있었다.

이대로 내버려 두면, 저 아이는 조개처럼 마음을 완전히 닫아 버릴지도 몰라. 더 이상은 저 아이에게 거짓말 할 수 없겠구나…….

천체망원경에 매달리듯 별을 보고 있는 준의 모습을 보면서 어머니는 드디어 마음을 정했다.

"준, 내일 병원에 가야지."

"……난 안 갈 거야. 어차피 사실도 안 가르쳐주는데 뭘. 어머니도 그렇고 병원의 선생님도 그렇고, 전부 하나가 되서 나를 속이고 있잖아."

"무슨 소리 하는 거냐, 준, 엄마 말 좀 들어봐라."

"듣고 싶지 않아."

"작작 좀 해라!"

말한 순간 어머니의 오른 손이 준의 뺨을 때렸다. 준은 깜짝 놀라 어머니를 노려보았다.

"그러니까……, 그러니까, 내일 병원의 선생님한테 사실을 듣도록 해라."

어머니가 뱃속에서 짜내는 듯한 목소리로 말했다.

준은 멍하니 어머니를 바라보았다.

다음 날, 준은 어머니와 함께 병원의 커다란 유리문을 지났다.
준의 가슴속에는 이미 각오와도 같은 것이 생겨나 있었다.

그러나 오모리 선생님으로부터,

"네 병은 말이지, 근디스트로피증이라는 건데 몸의 근육이
점점 쇠약해져 가는 병이란다. 미안하지만 당장은 고쳐 줄 방
법이 없단다."

이런 말을 들었을 때는 미리 각오를 한 준이었지만 눈앞이
캄캄해졌다. 준은 아무런 말도 할 수가 없었다. 입술을 씹으
며 동상처럼 움직일 수가 없었다.

집으로 돌아오는 버스 안에서 준은 입을 다문 채 그저 창밖
만 바라보고 있었다. 스쳐 지나는 풍경 속에서 화사하게 피어
있는 해바라기가 눈부셨다.

그런 준의 모습에 어머니는 아무런 말도 해줄 수가 없었다.

집에 돌아오자 준은 침대 속으로 들어가 이불을 뒤집어쓴 채 조금도 움직이지 않았다.

"준, 저녁 먹어야지. 조금이라도 먹지 않으면 몸에 좋지 않아."

어머니가 몇 번이고 준의 방을 들여다보았지만 이불을 뒤집어쓴 채였다. 밤이 되도 불조차 켜지 않고 그대로 있었다.

다음 날도 준은 침대 속에서 나오려 하지 않았다.

"귀찮아, 그냥 내버려 둬."

걱정이 돼서 어머니가 방문을 열면 준은 무뚝뚝하게 소리를 지를 뿐이었다. 그날도 결국은 아무것도 먹지 않았다. 어머니는 야마모토 선생님에게 연락을 했다.

그 다음 날 12시가 넘어서 자전거를 타고 야마모토 선생님이 찾아왔다.

"준, 야마모토 선생님이 오셨다."

어머니의 목소리에 준은 드디어 꼼지락꼼지락 몸을 움직였다.

"야아, 쇼지, 어떻게 된 거야. 할아버지처럼 낮부터 이불을 뒤집어쓰고 있으면 곰팡이가 생긴다."

선생님이 이불을 걷어 냈다. 준은 어색한 표정으로 야마모토 선생님을 바라보았다.

"자, 일어나라. 그래, 선생님이 거실까지 데려다 줄게."

준을 안아 올린 야마모토 선생님의 얼굴이 약간 흐려졌다.

전보다 훨씬 더 가벼워졌는데. 다리도 더 가늘어진 것 같고.

준을 거실로 데려가면서 선생님은 그렇게 느꼈다.

"프로야구, 올해 한신은 안 되겠던데? 오카다도 그렇고, 마유미도 그렇고 완전히 죽을 쑤고 있잖아."

야마모토 선생님은 한신 타이거즈의 좋지 않은 점을 하나하나 열거했다. 타이거즈의 열혈 팬인 준도 가만히 듣고만 있지는 않았다.

"자이언츠도 지금은 제 실력이 아니에요. 앞으로 한 달쯤 지나면, 호랑이한테 물릴 거예요."

준이 발끈하고 맞받아쳤다.

역시, 선생님의 힘은 정말 대단해.

차를 준비하면서 어머니는 갑자기 기운을 되찾은 준과 야마모토 선생님을 번갈아 바라보았다. 야마모토 선생님은 병에 대해서는 단 한미디도 하지 않았다.

준은 다시 조금씩 웃음을 짓게 되었다.

여름방학 동안 준은 일기에 이렇게 적었다.

8월 28일

야마모토 선생님, 여름방학 때 저의 집까지 와 주셔서 감사합니다.

저는 여름방학 조금 전부터 제 병이 진행되고 있다는 사실을

눈치 챘습니다. 그리고 8월 25일, 저는 제 병명이 무엇인지

분명하게 들었습니다. 괴로웠습니다. 억울했습니다.

밤에도 잠을 잘 수가 없었습니다.

그럴 때 선생님께서 오셔서 기뻤습니다.

선생님이 얼마나 바쁘신지 저는 알고 있습니다.

그런데도 와 주셔서 정말 감사합니다. 학교에 갈 수 있는 날도

얼마 남지 않은 듯하지만, 앞으로도 잘 부탁드리겠습니다.

야마모토 선생님, 감사합니다.

이제 여름방학도 이틀밖에 남지 않았다. 아침을 먹고 난 뒤에 아버지가 준에게 말했다.

"몸은 좀 어떠냐? 어지럽거나 하지 않냐?"

"괜찮아. 오늘은 오랜만에 밥맛이 좋았어."

"그래, 그럼 오늘은 아빠랑 같이 일을 하지 않을래?"

"일이라니, 대체 무슨 일을 하려고요?"

어머니가 황급히 참견했다.

"준을 트럭에 태워 같이 옆의 도시까지 갈 생각이야."

"어머, 괜찮을까요?"

"그렇게 걱정만 해 봤자 한도 끝도 없잖아. 게다가……."

여기까지 말한 아버지는 다음 말을 잇지 못하고 그대로 삼켜 버렸다. '게다가 준이 건강할 때 하나라도 더 추억을 만들어 둬야지' 라고 말할 생각이었을 것이다.

"날씨도 좋고, 오늘은 그렇게 덥지 않을 거라고 일기예보에서도 말했으니 준, 따라가도록 해라."

"응, 나, 갈 거야."

준은 기쁘다는 듯 두 주먹을 불끈 쥐었다.

트럭의 창으로 시원한 바람이 가득 들어왔다. 트럭의 좌석이 아주 높았기 때문에 준은 자동차가 아닌 것 같다는 느낌이 들었다.

조수석에 앉은 준은 가슴이 설레였다. 준이 아직 네 살인가 다섯 살 때, 아버지는 준을 트럭에 자주 태워 줬었다. 친구들이 모두 부럽다는 듯한 표정을 짓고 있던 것이 마치 어제의 일처럼 떠올랐다.

한 시간쯤 후에 옆의 도시에 도착했다. 준이 한 번도 와 본 적이 없는 도시였다. 너덧 군데의 상점 앞에 트럭을 세우고 아버지는 짐칸에서 커다란 상자를 몇 개나 내렸다. 도와주고 싶었지만 준은 단지 보고 있을 수밖에 없었다.

"자, 오늘은 이걸로 끝이다. 오늘은 말이지 오후부터 특별 휴가를 받았단다. 그럼 지금부터는 준과 드라이브다."

트럭이 경쾌한 엔진 소리를 울리며 달리기 시작했다.

"아빠, 어디에 가는 거야?"

"흠, 과연 어딜까? 도착할 때까지 비밀이야."

아버지는 일부러 준을 초조하게 만들었다. 트럭은 구불구불한 언덕길을 달려 나갔다. 기다란 터널에서 빠져 나오자 울창하게 자란 나무들의 푸른 냄새가 준의 코를 찔렀다. 조금 더 달려 나가자 갑자기 눈앞이 탁 트였다.

"와아, 바다다, 바다다."

준은 자신도 모르게 소리를 질렀다. 바닷가의 도로를 트럭이 경쾌하게 달렸다. 반짝반짝 은빛으로 빛나는 바다에는 수많은 요트가 떠 있었다. 늦은 여름, 마지막 해수욕을 즐기는 사람들의 웅성거림이 들려왔다.

트럭은 바닷가의 도로를 따라 한동안 달렸다.

아버지는 소나무 숲이 보이는 곳에서 트럭을 세웠다. 그리고 준을 업고 모래밭으로 나갔다. 준은 모래밭에 아버지와 나란히 앉았다.

해수욕장의 끝에 위치한 모래밭에는 사람도 그렇게 많지 않았다. 부서지는 파도가 눈부셨다.

지금이라도 옷을 벗고 헤엄을 치고 싶어…….

준은 약간 원망스럽다는 기분이 들었다.

"좋았어, 수영을 하도록 할까."

아버지가 이렇게 말하며 자리에서 일어났다.

"응, 수영……?"

준은 멍한 표정을 지었다.

아버지는 준을 안고 파도가 밀려오는 곳까지 갔다. 그리고 준의 두 다리를 파도 속에 담갔다. 힘이 들어가지 않게 된 준의 다리였지만 그래도 아주 약하게 파도를 찼다.

준은 기뻤다.

쏟아지는 태양과 빛나는 파도. 이번 여름을 평생 잊지 못할 것이라고 생각했다.

아무 말도 하지 않고 준의 모습을 지켜보고 있던 아버지의 눈에서 언뜻 눈물이 반짝였다.

9월 1일의 아침이었다.

준은 이제 학교에 가지 않겠다고 말하겠지. 그래도 하는 수 없지. 자신의 병에 대해서 알았으니. '학교에 가서, 뭐하는데?' 당연히 이렇게 생각하고 있을 거야……

어머니는 이렇게만 생각하고 있었다. 그랬기에 준을 깨우지 않았다. 그러자 준이 침대에서 기어 나와 씩씩한 목소리로 이렇게 말했다.

"엄마, 학교, 학교에 가야 돼. 잘 잤어? 준비 좀 해 줘."

뜻밖의 말에 어머니는 당황하고 말았다. 가슴이 뜨거워졌다.

"내가 밝게 행동해야 선생님하고 친구들도 나를 상대해주지. 그렇게 하지 않으면 말을 걸기가 어렵잖아. 내가 할 수 있는 일은 그것밖에 없어."

준은 어머니에게 함박웃음을 지어 보였다.

일곱 개의 글자

"안녕, 안녕."

준은 교실에 들어서며 누구에게랄 것도 없이 밝은 목소리로 몇 번이고 인사를 했다.

"쇼짱, 여름방학 동안 아주 건강해졌는데."

쓰토무가 준의 얼굴을 빤히 쳐다봤다.

"얼굴색도 좋아졌고, 병이 좋아지기 시작한 거 아니야?"

유스케가 마치 자신의 일인 양 기쁜 표정을 지었다.

병이 좋아진다면 물구나무서서 전국을 돌아 다니겠어.

준은 순간 이런 생각을 잠깐 했다. 야마모토 선생님도 기운에 넘치는 준을 보고 깜짝 놀랐다.

그러나 틀림없이 준은 미소라는 지우개로 마음속 깊은 곳에 있는 슬픔을 지우고 있는 것이라는 생각이 들자 야마모토 선생님은 마음이 아파 왔다.

9월 4일

선생님,

요즘에는 손에 힘이 잘 들어가지 않아 어렵습니다. 매일 손을 움

직이려 노력하고 있지만 힘이 들어가지 않습니다. 때때로 저를

지켜보는 신은 좋지 않은 장난만 치는 것 같다는 생각이 들어 화

가 날 때도 있습니다. 선생님도 그렇게 생각하십니까?

선생님, 언제나 감사합니다.

선생님으로부터

글쎄요. 신께서도 무슨 생각이 있어서 그러는 것 아닐까요?

신은 신, 나는 나일지도 모릅니다.

자신의 힘을 믿고 열심히 살아가도록 합시다.

9월 6일

선생님,

사람 중에는 어째서 건강한 사람과 저처럼 몸이 불편한 사람이 있는 걸까요? 어째서 모두 똑같이 태어나지 못한 걸까요?

세상은 불공평하다고 생각합니다. 자유롭게 제 힘으로 손을 움직이고, 제 다리로 걸어 보고 싶습니다.

선생님, 언제나 감사합니다.

선생님으로부터

모두가 건강하게 태어나는 것이 가장 좋다고 생각합니다. 선생님도 늘 그렇게 되기를 바라고 있습니다. 하지만 비록 다리가 좋지 않다 할지라도 거기에 지지 않고 살아가는 사람이 좋습니다. 내일 또 만납시다.

2학기가 시작되고 사흘 정도 지난 뒤의 방과 후, 야마모토 선생은 준과 단둘이서 이야기를 나눴다.

"쇼지, 지금은 네 나름대로 병을 받아들였다고 선생님은 생각하고 있다. 혹시 말인데 정말로 몸이 힘들다면 학교는 한동안 쉬어도 상관없다."

"그런 말씀 마세요, 선생님. 지금 쉬어 버리면 기껏 여기까지 왔는데, 전부 헛수고가 되어 버리잖아요. 그런 말씀 마시고 지금까지처럼 교실에 있게 해주세요."

"그래……, 그 말을 들으니 선생님도 마음이 놓인다. 마음 약한 소리를 한 선생님이 바보였다."

야마모토 선생님은 미안하다는 듯이 머리를 긁적였다.

"선생님, 사람의 생명이란 무엇일까요?"

준이 갑자기 이런 질문을 했다.

"생명이라……, 어렵구나, 한마디로 말하기 힘든데, 음—."

팔짱을 낀 야마모토 선생님의 이마에 주름이 잡혔다.

"저, 어젯밤에 제 나름대로 그것에 대해서 생각을 해 봤어요."

"그래……!"

"저는 지금까지, 죽는 것이 참을 수 없이 무서웠어요. 그래서 하루하루가 괴로워서 견딜 수가 없었어요. 하지만 저는 선생님과 반 친구들을 만난 뒤로 그 무서움이 조금씩 옅어지는 것을 느꼈어요……. 그리고 제가 한 사람이라도 더 친구를 만들어 그 친구의 마음에 잔물결이라도 일으킬 수만 있다면 저는 제 생명이 살아 있는 것이라고……, 그런 생각이 들어서……."

"잔물결이라……."

"그런 생각이 들자, 이제는 병을 원망하지 말자는 생각도 들었어요. 지금 제가 이렇게 살아 있다는 사실이 기뻐서 견딜 수 없게 되었어요……."

야마모토 선생님은, 아무 말도 할 수가 없었다. 선생님의 눈에서 눈물이 흘러 내릴 것 같았다.

준은 진지하게 삶을 생각하고 있어. 준이 병명을 알게 된 지금, 반 아이들에게도 모든 사실을 솔직하게 얘기하는 게 좋지 않을까? 모두에게 이야기를 한 뒤 준을 위해서 무엇을 할 수 있을지, 무엇을 해줘야 하는 건지를 모두가 함께 생각하는 게 좋지 않을까?

야마모토 선생님은 모두가 돌아간 교실에서 혼자 멍하니 그런 생각을 했다.

그러나 불안이 더해졌다. 반 아이들이 어떤 반응을 보일지……, 그런 생각이 들자 다시 마음이 흔들렸다.

'나을 가망이 없는 병이라면, 무리해서 학교에 나올 필요 없지 않나.'

그런 목소리가 들려온다면 그야말로 준에게는 씻을 수 없는 상처를 남겨 주는 셈이 된다. 야마모토 선생님은 끝도 없이 망설였다.

9월 20일

저, 야마모토 선생님의 반이 돼서 정말 다행이라고 생각합니다.

앞으로는 괴로운 일과 힘든 일을 선생님께 얘기하도록

하겠습니다. 어머니도, 앞으로도 최선을 다했으면 좋겠다고

말씀하셨습니다. 선생님, 저 어른이 되면 선생님 같은 사람이

되고 싶습니다. 오늘도 감사합니다.

선생님으로부터

오늘을 시작으로 반 친구들 모두와 함께 '이지메'나 '몸이 불

편한 사람' 등에 대해서 더욱 진지하게 생각해 보기로 했습니다.

그러기 위해서는 무엇보다도 쇼지의 협력이 필요합니다. 시험

이 끝나면 쇼지의 의견이나 생각을 모두에게 들려주기

바랍니다.

9월 24일

선생님, 제 의견이나 생각을 모두에게 이야기할 수는 없습니다. 반 친구들 모두 제게 잘 해주고 있습니다. 저는 지금 이대로가 좋습니다. 선생님, 오늘 텔레비전에서 중학생 일기를 봤습니다. 불량스러운 여학생을 선생님이 최선을 다해서 바로 잡으려고 노력했습니다. 저는 굉장히 감동했습니다. 그 선생님의 모습이 야마모토 선생님 같다는 생각이 들었습니다. 저도 야마모토 선생님 같은 사람이 되고 싶습니다. 오늘 윌리엄 바스가

홈런을 쳤습니다. 기쁩니다. 선생님 오늘도 감사합니다.

신학기가 시작되고 눈 깜빡할 사이에 열흘이 지나갔다.

그날, 야마모토 선생님이 준에게 이렇게 말했다.

"준, 반 친구들에게 네 병명을 이야기해도 괜찮겠니?"

한동안 고개를 숙이고 있던 준이 곧 결심한 듯한 얼굴로 대답했다.

"선생님이 그렇게 생각하신다면……."

"그래, 그럼 미안하지만 내일 학교를 쉬지 않겠니?"

준은 순순히 고개를 끄덕였다.

다음 날 아침, '화장실 4인조'는 얼굴을 마주했다.

"쇼짱이 오늘 왜 학교에 안 온 걸까?"

"몸 상태가 안 좋아진 걸까?"

"그렇게 건강한 얼굴을 하고 있었는데……. 이상한걸."

6교시는 학급회의 시간이었다. 야마모토 선생님이 교실에 들어왔다. 언제나 미소를 머금고 있던 얼굴이 오늘은 딱딱하게 굳어 있었다. 선생님은 교단에 서더니 칠판에 커다란 글씨로 천천히 일곱 개의 글자를 썼다.

2학년 1반 쇼지 준

"쇼지한테 무슨 일이 생겼나요, 선생님!"

교실에서 웅성웅성 떠드는 소리가 들리기 시작했다. 선생님은 반 전원을 둘러보았다.

"오늘은 쇼지에 대해서 함께 생각해보기로 하자."

또다시 교실이 웅성거리기 시작했다.

"너희들도 쇼지의 다리가 불편하다는 사실은 알고 있겠지? 1학년 때부터 같은 반이었으니 쇼지가 병에 걸렸다는 사실도 알고 있으리라 생각해. 지금까지 너희들 중에는 쇼지를 응원한 사람, 그리고 놀린 사람, 제각각이었지……. 누가 잘했고 누가 잘못했는지, 선생님이 그걸 따질 마음은 없어."

교실이 조용해졌다. 야마모토 선생님이 천천히 말을 이었다.

"쇼지는 여름방학 전부터 병이 상당히 많이 진행되어 있었단다. 그리고 여름방학이 끝나기 직전에 병원의 선생님으로부터 자신의 병명을 들어 알게 되었다."

전원이 얌전히 앉아서 야마모토 선생님을 바라보았다.

"쇼지의 병은 약간 어렵지만, 진행성 근위축증이라는 것이다. 다른 말로는 근디스트로피증이라고도 하지."

아, 하는 한숨과도 같은 것이 모두의 입에서 새어 나왔다.

"선생님은 의사가 아니기 때문에 자세한 내용은 잘 모르지만 이 병은 근육이 점점 약해져서 팔과 다리 뿐만 아니라 결국에는 심장과 폐 그리고 곳곳의 근육이 제대로 기능을 하지 못하게 되는 병이라고 한다. 더 안 좋아지면 거의 움직일 수 없게 되어 누워 있을 수밖에 없다고 한다."

교실이 하나의 상자가 되었고 그것이 얼어붙은 것처럼 소리 하나 들리지 않았다. 반 전원이 무엇인가에 묶인 것처럼 되어 버렸다.

"아니, 선생님은 너희들을 놀라게 하려고 말한 게 아니란다. 쇼지의 상태를 있는 그대로 얘기한 거야."

그러자 창백한 얼굴로 가와이 겐타가 자리에서 벌떡 일어났다.

"선생님, 병원에서 치료를 받으면 낫겠죠?"

"그게 좀 힘들다. 의학이 이렇게 발달한 현대에도 아직 그 병의 원인을 밝혀내지 못했단다. 그렇기 때문에 이렇다 할 치료법도 약도 없다고 한다."

그, 그럴 수가……, 모두가 얼굴을 마주보며 입을 삐죽였다. 야마모토 선생님이 교단에서 내려와 모두에게 유인물을 한 장씩 나눠주었다. 어젯밤 늦게까지 기도하는 마음으로 작업을 해서 만든 준의 작문이었다.

야마모토 선생님은 교실을 천천히 걸으면서 작문을 읽기 시작했다.

여러분이 알고 계신 것처럼 저 혼자서는 설 수도 없고 걸을 수도 없습니다, 그렇기 때문에 야마모토 선생님과 2학년 1반 친구들의 힘을 빌려 학교생활을 하고 있습니다,

야마모토 선생님과 저희 반의 여러분들이 안 계셨다면 저는 학교에 올 수 없었을 겁니다, 그래서 저는 야마모토 선생님의 반이 된 것을 정말 다행이라고 생각합니다, 야마모토 선생님과 여러분이 계시니 올해까지 만이라도, 그 어떤 어려운 일이 있다 할지라도 열심히 학교생활을 할 생각입니다,

유인물의 글자를 바라보고 있는 사람, 가만히 눈을 감고 듣는 사람, 모두의 마음에 준의 모습이 떠올랐다. 선생님이 계속 읽어 내려갔다.

여러분은 모르시겠지만 저는 2학년을 마치기 전에 학교에 나오지 못하게 될지도 모릅니다. 따라서 학교에 올 수 있는 동안에는 힘든 일이 있어도 참고 하루하루를 열심히 살아갈 생각입니다.

저는 하루라도 더 오래 학교에 오고 싶습니다. 하루라도 더 많이 여러분과 공부를 하고 싶습니다.

여러분, 괴로울 때도 있고 여러 가지로 힘들 때도 있겠지만 앞으로도 잘 부탁드리겠습니다.

선생님의 목소리가 떨리고 있었다. 여학생 중 몇 명이 흐느껴 울기 시작했다. 남학생들은 울지 않으려고 굳은 표정을 짓고 있었다.

저는 반 여러분과 함께 있을 때가 가장 즐겁습니다. 언제나 여러분과 똑같이 행동하고 싶습니다.

마지막으로 제가 지금 가장 하고 싶은 일을 말하도록 하겠습니다.

저는 한 번이라도 좋으니, 정말 한 번만이라도 좋으니 제 다리로 서 보고 싶습니다. 만약 제 힘으로 설 수 있다면 가장 먼저

야마모토 선생님과 캐치볼을 하고 싶습니다.

그리고 여러분과 함께 마음껏 땀을 흘리며 체육을 하고 싶습니다.
저는 언제나 여러분이 체육하는 모습을 가만히 지켜보기만 합니다.
부럽습니다. 자신의 다리로 서 있는 여러분, 걸을 수 있는 여러분이
부러워서 견딜 수가 없습니다.

단 한 번만이라도 좋으니……, 제 다리로 서 보고 싶습니다!

쓰토무, 겐타, 슌, 유스케 그리고 반에서 가장 말썽꾸러기인
다마루 고이치도 자꾸만 코를 훌쩍였다. 겐타가 '우웃' 하는
소리를 내는가 싶더니 책상에 얼굴을 묻고 울기 시작했다.

야마모토 선생님은 '훅' 하고 한숨을 내쉰 뒤 작문의 마지
막 부분을 읽기 시작했다.

저는 여러분께 아무 것도 해줄 수가 없지만, 여러분들이
체육과 부서 활동을 열심히 해주었으면 좋겠습니다.
여러분들이 열심히 노력하는 모습을 보면 저도 기쁩니다.
정말 고맙습니다. 앞으로도 잘 부탁드리겠습니다.

교실 전체가 훌쩍이는 학생들의 소리로 가득 찼다. 잠시

후, 얼굴 가득 울상을 짓고 있던 다마루 고이치가 로봇처럼 자리에서 일어났다.

"선생님, 쇼지에게 어떻게 해줘야 하는 겁니까?"

평소 아이들이 멀리 하기만 하던 다마루가 무엇인가에 홀린 것처럼 외쳤다.

"그걸 다 같이 생각해 보기로 하자. 선생님도 금방은 답을 찾을 수 없지만, 쇼지가 하루라도 더 많이 학교에 나올 수 있도록, 같은 친구로서 가슴을 당당하게 펼 수 있도록 하기 위해선 어떻게 해야 할지 모두가 같이 생각해보기로 하자."

눈물이 글썽한 눈으로 야마모토 선생님이 한 사람 한 사람의 얼굴을 바라보며 말했다. 반 아이들 전원이 준에 대해서 진지하게 생각해 주었다. 야마모토 선생님은 그것이 무엇보다도 기뻤다.

기쁨의 비명

그날의 학급 노트에 각 조의 조장들이 각각 글을 남겼다. 남학생들 사이에서 2학년 1반의 마돈나로 소문난 시라이시 하루카는 이렇게 적었다.

제가 쇼지의 이야기를 듣고 가장 먼저 생각한 것은 '어떡하지.'였습니다. 1학년 때, 저희 어머니가 갑자기 '쇼지라는 애, 외로워 보이네.'라고 말한 적이 있었다는 사실이 떠올랐습니다. 그때 저는 그다지 신경을 쓰지 않았습니다. 그 의미를 분명하게 안 지금, 저는 굉장히 슬퍼졌습니다. 사람의 목숨은 어째서 하나밖에 없는 걸까요. 만약 다른 사람에게 조금씩이라도 나눠줄 수 있는 것이라면, 사람들에게 부탁을 해서 많이 모아다 줄 수 있을 텐데. 저는 무엇인가를 하지 않으면 안 됩니다. 그 무엇인가를 하나라도 많이, 1초라도 빨리 찾아내고 싶습니다.

하시모토 겐지는 자신의 마음을 학급 노트에 이렇게 적었다.

그렇게 몸의 근육이 약해져 가고 있는데도 반 아이들을 생각해주는 쇼지에게 무슨 말을 해야 좋을지 모르겠다…… 얼마 전, 오셀로를 하다 별 생각 없이 쇼지의 팔을 만졌는데 너무 얇아서 깜짝 놀랐다. 당장이라도 부러질 것 같았다. 지금은 내 팔의 근육을 3분의 1이라도 좋으니 쇼지에게 나눠주고 싶다. 진심으로 그렇게 생각하고 있다.

연필에 온 힘을 담아서, 하세가와 기요시는 자신을 반성했다.

저는 쇼지의 작문을 듣고 제 자신이 한심해졌습니다. 쇼지는 언제나 하루하루 열심히 살아가고 있는데 저는 제 생각대로 일이 되지 않거나 힘든 일이 있으면 바로 자살을 해 버릴까 하고 생각했기 때문입니다. 그러나 쇼지에 관한 진실을 듣고 저는 마음이 썩어 버린 것이라고 반성을 하게 되었습니다. 쇼지가 하루라도 더 학교에 올 수 있도록 제가 할 수 있는 일을 찾아보도록 하겠습니다.

다음 날, 준은 반 아이들이 어떤 얼굴을 할지 두려운 마음으로 학교에 갔다. 그런데 '어서 와.' 라는 인사가 평소보다 더 많이 들려온 것 같다는 느낌이 들었다.

병과 싸우며 오로지 살아야겠다고 생각하고 있는 준의 존재가 반 친구들의 마음을 조금씩 움직였다.

평소 이야기를 나눈 적이 거의 없었던 여학생들도 약간 어색한 미소를 지으며 말을 걸어오게 되었다.

휠체어를 서로가 앞 다투어서 밀어주게 되었으며 교실을 이동할 때면 준을 업고 계단을 오르내리는 친구들이 날이 갈수록 늘어났다.

10월 초, 학교 행사로 2학년생 전원이 세토대교를 견학하러 가게 되었다.

그날 아침, 등교한 준은 기운이 하나도 없었다.

"왜 그래, 쇼지, 얼굴색이 안 좋은데."

야마모토 선생님이 평소와 다를 바 없는 표정으로 물었다.

저기…….

준은 대답을 하려다 말고 바로 입을 다물어 버렸다. 사실은 세토대교에 가고 싶지 않았던 것이다. 지금까지 준은 휠체어를 타고 그렇게 멀리까지 가본 적이 없었다. 길에서 스쳐 지나는 사람들이 힐끔힐끔 쳐다보는 것이 싫었기 때문이었다.

이제 와서 무슨 소리 하는 거야.

또 한 명의 준이 이렇게 부추겼지만 가고 싶지 않다는 마음에는 변함이 없었다. 모두가 교실을 나서기 시작했을 때 준은 몸을 움츠리고 있었다.

"앗, 쇼짱을 잊고 갈 뻔했다. 미안, 미안."

겐타와 유스케가 황급히 휠체어를 교실 밖으로 이동시켰다.

"아니, 나는, 나는……."

휠체어 위에서 준은 거듭 고개를 흔들었지만 휠체어는 2학년 1반의 선두에 서서 나아가 교정에서 학생들을 기다리고 있던 전세 버스에 올라탔다. 30분 정도 지나자 하얗게 솟아 있는 거대한 다리가 눈앞으로 점점 다가왔다.

완만한 곡선을 그리고 있는 현수교, 백조의 날개처럼 새하얀 다리……, 준은 그 아름다움과 웅장함에 압도되고 말았다.

세토대교는 혼슈(本州)와 시코쿠(일본 전토는 크게 혼슈, 홋카이도, 시코쿠, 규슈 네 개의 섬으로 이루어져 있다.)를 잇는다는 꿈을 실현하기 위해 9년 6개월이라는 오랜 세월에 걸친 공사 끝에 1988년에 완성한 세계에서도 가장 큰 규모를 자랑하는 다리였다.

이 웅장한 다리, 그리고 이렇게 멋진 다리를 만들기 위해서 몇 년 동안이나 수많은 사람들이 열심히 노력한 것에 비하면, 내가 끌어안고 있는 고민 따위는 정말 하찮은 것이다. 휠체어를 부끄럽게 생각했던 나는 그 얼마나 속이 좁은 인간이었단 말인가.

준의 마음이 다시 조금 밝아졌다.

바람이 실어다준 바다 내음을 준은 마음껏 들이마셨다.

10월 10일

선생님, 괴로운 일이 많을수록 기쁜 일과 즐거운 일이 더 많은 법

이라고 어머니는 늘 말씀하십니다. 저도 그 말이 옳다고

생각합니다. 야마모토 선생님을 만났기에

기쁜 일과 즐거운 일이 가득합니다. 지금 저의 가장 큰 바람은

병의 진행이 이대로 멈췄으면 하는 것입니다. 그리고 2학년을

마칠 때까지 힘을 내서 학교에 가고 싶다는 것뿐입니다.

야마모토 선생님, 오늘도 감사합니다.

10월 12일

선생님, 저는 태어나기를 정말 잘했다고 생각합니다. 괴로운 일도

있지만 즐거운 일도 아주 많습니다. 학교에 갈 수만 있다면, 캐치

볼을 하지 못해도 상관없습니다. 선생님의 얼굴을 볼 수도 있고

이야기를 나눌 수도 있습니다. 친구들과 조금이라도 놀 수가 있

습니다. 정말로 태어나기를 잘했다고 생각합니다.

선생님, 언제나 감사합니다.

선생님으로부터

선생님도 태어나기를 잘했다고 생각합니다. 괴로운 일도 있었지만 즐거운 일도 있었습니다. 중요한 것은 자신이 얼마나 힘차게 살아가느냐 하는 것입니다. 열심히 생활합시다.

"이번 일요일에 반 친구들 모두, 기비(吉備) 고원으로 하이킹 가지 않을래?"

반장인 하시모토 겐지가 말했다. 물론 준을 데리고 가는 것이 겐지의 가장 커다란 목적이었다. 모두가 저마다 손을 들어서 찬성했다. 이 이벤트는 학생들이 스스로 계획을 세운 것이었기 때문에 야마모토 선생님은 참가하지 않았다.

모두가 협력해서 전철과 버스를 갈아타고 고원에 도착했다. 고원에는 흰색과 분홍 코스모스, 성주풀과 흑백합 등 고산 식물들이 흐드러지게 피어 있었다.

참가한 사람은 41명. 결석한 사람은 단 두 사람뿐이었다. 모두가 호수 주변을 한 바퀴 돌기로 했다.

"길이 울퉁불퉁한데. 좋았어, 준을 업고 가야지."

고이치가 가장 먼저 준을 업고 걷기 시작했다. 10미터쯤 가서 고이치는 한숨을 돌린 다음 다시 걷기 시작했다. 80미터쯤 준을 업고 가면 다음 사람이 뒤를 이어 준을 업었다.

"다음은 내가 업고 갈래."

"무슨 소리 하는 거야, 내 차렌데."

남학생들 사이에서 말다툼이 시작됐다.

나를 업기 위해서 말다툼까지 할 줄이야…….

준은 기쁨의 비명을 지르고 싶었다. 말다툼은 좀처럼 끝나지 않았다.

"너희들은 여기서 싸움이나 하고 있어라."

여학생 중에서 행동파로 불리는 시미즈 아이코가 남학생들 사이를 비집고 들어가 고이치의 등에 있는 준을 업으려 했다. 준도 깜짝 놀랐지만 남학생들 전부가 멍하니 아이코를 바라보았다.

아이코는 준을 얼른 업고는 호반의 길을 걷기 시작했다. 아이코와 친한 세 친구가 뒤에서 영차, 영차 하는 기합소리로 기운을 북돋았다.

여자에게……, 그것도 남자에게도 지지 않는 아이코에게 업히게 될 줄이야.

준은 쑥스러움에 어느 사이엔가 얼굴이 빨갛게 변했다는 사실을 스스로도 알 수 있었다. 그러나 놀리는 사람은 아무도 없었다.

그때부터 남자와 여자가 교대로 준을 업고 걸었다.

모두의 마음에 맑고 푸른 호수의 빛깔이 스며들었다.

여학생이 준을 업고 걸었다. 2학년 1반에게 있어서 그것은 하나의 커다란 사건이었다.

가을바람이 더욱 차가워지면서 병은 하반신에서 상반신으로, 준의 근력을 조금씩 앗아갔다. 숨을 쉬기에도 괴로운 날이 점점 늘어 갔다.

11월 7일

선생님, 침대에 오르는 것도 힘들어지게 되었습니다.

아무리 노력해도 침대에 오르지 못할 때가 있습니다.

억울합니다. 선생님, 정말 기적이 있다고 믿으십니까?

저는 믿을 수가 없습니다.

선생님, 오늘도 감사합니다.

선생님으로부터

소프트볼부도 지역대회에서 우승을 했습니다. 선생님은 '기적'

이라고 생각합니다.

3장 · 영원의 세계

11월 8일

어제도, 오늘도 비, 제 마음속과 같습니다. 1학년 때는 병에 지지 않겠다고 생각했지만 제 몸보다 병이 더 센 모양입니다. 요즘에는 손을 들 수 없을 때가 있습니다. 하지만 이 일기만은 마지막까지 쓸 생각입니다. 힘들 때는 선생님의 얼굴을 떠올리며 최선을 다하겠습니다. 야마모토 선생님, 언제나 감사합니다.

선생님으로부터

비가 내리면 울적해지지요. '병은 마음에서부터!!' 마음가짐이 중요합니다. 그렇게 마음 약한 소리 해서는 안 됩니다!! 준의 뒤에는 반 친구들 42명이 있습니다. 최선을 다합시다.

11월 12일

선생님, 이젠 날이 추워졌습니다. 선생님과 반 친구들을 생각하면 마음 약한 소리를 해서는 안 되지만, 2학기를 마칠 때까지 등교하기는 어려울 것 같습니다. 가능한 한 하루라도 더, 힘을 내서 학교에 가려 하고 있습니다. 제가 학교에 갈 수 있는 동안에 교장 선생님과 선생님과 반 친구들에게 무엇인가를 해주고 싶습니다. 지금은 무엇을 해주면 좋을지 모르겠지만……,

야마모토 선생님, 오늘도 감사합니다.

11월 16일

선생님, 저는 지는 것도 좋은 일이라고 생각하고 있습니다. 지는 것은 분하지만, 다음에야말로 반드시 이기겠다는 마음을 품게 하기 때문입니다. 저도 이 손이 움직이는 동안에는 최선을 다할 생각입니다. 야마모토 선생님 같은 분을 만났기에 최선을 다해 노력하게 되었다고 생각합니다. 선생님, 틀림없이 다른 아이들도 그렇게 생각하고 있을 겁니다.

야마모토 선생님, 오늘도 감사합니다.

11월 20일

'다시 한번 제 다리로 서고 싶다.'

이제 그런 마음은 버리기로 했습니다.

아버지와 어머니를 슬프게 할 뿐입니다.

선생님, 언제나 감사합니다.

선생님으로부터

준의 몸은 약간 병에 걸려 있을지 몰라도, 마음은 건강합니다.

마음의 건강에 자신을 갖기 바랍니다.

11월 22일

선생님, 오늘은 집에 돌아오는 길에 아주 힘들었습니다. 제 몸이

약해져 가고 있다는 사실에 정말 화가 납니다. 그러나 다른 사람

들에게는 힘들어하는 얼굴을 보일 수 없습니다. 그러니 가능한

한 최선을 다하고 싶습니다. 선생님, 언제나 감사합니다.

11월 30일

선생님, '버젓이 두 다리가 있는데 왜 서서 걸을 수 없는 걸까' 하고 생각할 때가 있습니다. 야마모토 선생님, 제 다리는 무엇 때문에 붙어 있는 건지 모르겠습니다. 다리가 붙어 있는 것만으로도 다행인 걸까요? 선생님, 언제나 감사합니다.

선생님으로부터

안타까운 마음은 저도 이해할 수 있습니다. 그래도 최선을 다합시다. 무슨 일이 있어도 최선을 다합시다.

반 아이들에게 둘러싸여서 웃음을 짓고 있는 준의 내면에 있는 불안과 두려움을 안 야마모토 선생님은, 다시 한 번 가슴이 메어 왔다.

헤아릴 수 없이 많은 추억 4

이것이 중학교 생활 마지막 행진이 될지도 몰라…….

아니, 어쩌면 이것이 내 인생에서 친구들과 하는 마지막 행진이 될지도 몰라.

선생님, 언제나 감사합니다.

· 헤아릴 수 없이 많은 추억

잡초가 되고 싶다

'중학교 1학년 가을까지 등교할 수 있으면 다행일 겁니다.'

병원의 선생님으로부터 그런 말을 들은 지도 2년 가까이나 지났다. 준은 중학교 3학년생이 되었다.

그리고 3학년 1반의 담임은 이번에도 야마모토 선생님이었다. 준은 기뻤다.

만약 신이 있다면, 나와 야마모토 선생님의 인연을 맺어 줘서 용기를 주고 있는 걸지도 몰라.

준은 이렇게 생각했다. 휠체어를 미는 어머니도 준이 건강하게 학교에 갈 수 있다는 사실이 신기해서 견딜 수가 없었다.

준에게는 학교에 간다는 것, 그 자체가 소중한 거야. 그 마음이 병의 진행을 늦추고 있어……. 틀림없이 그럴 거야.

어머니의 운동화는 벌써 10켤레 째가 되었다.

"엄마 말이지, 준의 병 덕분에, 이것 좀 봐 팔이 이렇게 굵어졌어."

"그야, 매일매일 오가며 1시간 이상씩이나 휠체어를 미니까."

"준의 팔과 다리의 힘을 엄마가 대신 받은 거야."

"그런가 보네."

맑은 아침 공기가 준과 어머니의 뺨을 기분 좋게 쓰다듬었다. 유채꽃이 노란 카펫을 깔아 놓은 것처럼 바람에 흔들리고 있었다. 이름도 모를 풀이 분홍이나 보라색 꽃을 피운 채 열심히 조그만 생명의 노래를 부르고 있었다.

　봄, 봄은 역시 좋구나.

　휠체어 위에서 준은 하늘을 올려다보고 크게 숨을 들이쉬었다. 가슴의 근육도 점점 약해지고 있었기 때문에 봄의 기운은 아주 조금밖에 준의 목을 지나 주지 않았지만 그래도 준은 만족스러웠다.

4월 11일

선생님, 잡초는 좋겠다고 생각했습니다. 밟혀도, 밟혀도 다시

되살아납니다. 사람은 어째서 한 번 죽으면

되살아날 수 없는 건지……. 저도 잡초처럼 되고 싶습니다.

선생님, 언제나 감사합니다.

선생님으로부터

준은 잡초보다도 강한 인간입니다. 선생님도 준처럼 강한 정신

력을 기르고 싶습니다. 준의 말에 용기를 얻었습니다.

고맙습니다.

교환일기의 네 번째 권도 여백이 얼마 남지 않았다. 1학년 때부터 오늘까지, 짧은 글이지만 준은 기쁨, 괴로움 그리고 희망을 일기에 적어 왔다. 그리고 일기에는 언제나, '선생님, 감사합니다.' 라는 말을 잊지 않고 썼다. 그 '감사합니다.' 가 벌써 600번을 넘어섰다.

그러나 준의 병은 조금도 쉴 줄을 몰랐다. 참을성이 강한 준이었지만 때로는 숨쉬기조차 힘들어서 점심시간까지 교실에 있기가 어려운 날도 있었다.

그런 준에게는 야마모토 선생님과 반 친구들이 마음의 버팀목이었다. 준을 생각해주는 조그만 배려와 다정함이 준의 몸과 마음에,

힘 내, 힘 내! 병 따위에 져서는 안 돼, 지면 용서하지 않겠어!

눈에는 보이지 않지만 커다란 힘을 주고 있는 듯했다.

4월도 거의 끝나갈 무렵의 어느 날이었다. 그때는 체육시간이었다. 평소와 다를 바 없이 준은 플라타너스 나무 아래서

견학을 하고 있었다.

"야, 쇼지, 오늘은 나도 너랑 똑같아."

왼쪽 다리를 질질 끌면서 다가온 것은 다마루 고이치였다.

"왜 그래?"

"어제 아버지께 야단을 맞아서 2층으로 도망치려고 하다가 계단에서 발을 헛디뎠어. 그래서 이 모양 이 꼴이야."

고이치는 준 옆에 나란히 앉으며 천진하게 웃었다.

문제아도 다리의 부상에는 이기지 못하는구나.

준은 문득 이런 생각이 들었다. 수업이 끝났다.

"좋았어, 내가 휠체어를 밀어줄게."

고이치가 자리에서 일어나 준을 안으려 했다.

"하지만 다리를 다쳤잖아, 무리하지 마."

"무슨 소리야. 네 다리에 비하면 이 정도는 다친 것도 아니야."

고이치가 왼쪽 다리를 질질 끌면서 준을 휠체어에 태우려 했다. 그때 야마모토 선생님이 다가왔다.

"쇼지, 오늘은 친구가 있어서 심심하지 않았겠네. 아아, 네게 할 말이 있었는데, 수학여행 말이다, 다른 아이들한테 부담

이 될지도 모르니까 이번만은 참아 줬으면 한다. 네가 가고
싶어 한다는 건 잘 알고 있지만 3일이나 걸리는 여행은 역시
힘들 것 같아. 그래, 선물을 사다 줄게, 알았지, 쇼지."

선생님은 참으로 안타깝다는 듯이 말했다.

수학여행……. 가고 싶다, 가고 싶어서 견딜 수가 없었다. 하
지만 이런 몸으로는……. 선생님의 말을 듣기 전부터 반 이상
포기하고 있었던 준이었지만 그래도 역시 슬펐다.

달려가는 야마모토 선생님의 뒷모습을 바라보는 준의 눈이
저절로 흐려져 왔다. 그러자 고이치가 준의 어깨에 손을 얹고
말했다.

"쇼지, 걱정하지 마. 못 갈 이유가 어딨어. 걱정하지 않아도
돼, 내가 데리고 갈 테니."

준은 믿을 수 없다는 눈으로 고이치를 바라보았다.

그날 방과 후, 모두가 집으로 돌아가려는데 고이치가 성큼
성큼 교단으로 올라섰다.

"잠깐, 모두들, 내 얘기 좀 들어봐."

3학년 1반 교실에 고이치의 목소리가 울려 퍼졌다. 모두가 놀랐다. 문제아인 고이치가 진지하기 짝이 없는 얼굴로, 그것도 교실 앞에 나선 적은 지금까지 한 번도 없었기 때문이었다.

"저기, 나 조금 전 체육시간에 견학을 할 때 선생님이 쇼지에게 '수학여행, 포기해라.' 라고 말씀하시는 걸 들었어.

왠지는 모르겠지만 나, 화가 났었어. 너희들……, 쇼지가 왜 수학여행에 가면 안 되는 건지, 이상하다고 생각하지 않아?"

흥분한 고이치의 목소리가 떨고 있었다. 모두가 아무 말 없이 고이치를 바라보았다.

"수학여행은 중학교 생활 중에서도 가장 큰 추억이 되는 일이잖아. 쇼지도 학교에 다니고 있는데, 가고 싶은 건 당연한 일 아니겠어?

모두들, 무슨 일이 있어도 쇼지를 수학여행에 데리고 가기로 하자. 그래서 반 전원의 소중한 추억을…… 만들기로 하자."

고이치의 말이 모두의 심금을 울렸다. 박수가 한꺼번에 터져 나왔다.

"그래, 쇼지를 수학여행에 데리고 가자."

아이들도 저마다 이렇게 외쳤다.

고이치를 선두로 쓰토무, 유스케, 겐타 그리고 고토 마유미와 시미즈 아이코가 반을 대표해서 야마모토 선생님을 찾아갔다.

"무슨 일이냐? 그렇게 심각한 표정으로 몰려오다니, 무슨일 있었니?"

교무실에서 서류를 정리하고 있던 야마모토 선생님이 눈을 껌뻑이며 말했다.

"선생님, 부탁이 있습니다. 쇼지를 수학여행에 참가시켜 주십시오."

고이치가 직립부동 자세로 말했다.

"하지만 쇼지를 돌봐 줄 사람이 없지 않니?"

"제가 돌보겠습니다. 아니, 모두가 책임을 지고 잘 돌보겠습니다."

고이치가 눈을 반짝이며 분명하게 말했다.

역시, 모두들 쇼지를 똑같은 친구로 생각하고 있었구나.

교무실을 나서는 아이들을 야마모토 선생님은 눈부시다는
듯 바라보았다.

꿈의 수학여행

수학여행은 5월 31일부터 2박 3일로 규슈(九州) 여행이었다.

"모두들, 쇼지와 함께 수학여행을 즐기자고."

고이치의 목소리에 반 전원의 마음이 하나가 되었다.

준을 업고 역 계단을 오르는 조, 휠체어를 옮기는 조, 그리고 화장실 담당에는 평소의 '4인조'에 세 명 정도가 더 가담을 했다. 그 외에도 식사를 맡은 조, 옷 갈아입히기 조 등 여러 가지 조를 각자가 앞 다투어 맡았다.

준은 아이들의 마음이 고마워서 견딜 수가 없었다. 여행을 떠나기 전부터 가슴이 뜨거워졌다.

드디어 5월 31일이 찾아왔다.

"잘 잤어? 쇼짱, 몸은 어때?"

아침안개 속을 뚫고 쓰토무를 선두로 4명의 반 아이들이 집에까지 준을 데리러 왔다.

"어젯밤에는 가슴이 설레서 잠을 제대로 못 잤지만 기분은 아주 좋아."

시원시원한 준의 눈빛이 모두를 감쌌다.

첫 버스에 쓰토무가 준을 업고 올라탔다.

"조심해서 다녀와라. 선물은 아빠와 누나 것만 사오면 된다. 내 것은 필요 없다."

어머니가 버스 정거장까지 배웅을 나와서 말했다.

"그거 왠지 엄마의 선물을 꼭 사오라는 말처럼 들리는데."

버스 창문으로 얼굴을 내민 준이 장난스럽게 웃었다.

"그럼, 얘들아, 준을 잘 부탁한다."

버스가 달리기 시작했다. 상쾌한 엔진소리를 울리면서……

오카야마 역 앞 광장은 친구들로 넘쳐 났다. 휠체어에 탄 준에게 반 아이들 하나하나가 악수를 청해 왔다. 3학년 1반에서부터 5반까지, 약 200명 정도 되는 학생들이 신칸센 승강장으로 이동했다.

준을 업고 승강장으로 가는 긴 계단을 오르는 첫 번째 임무를 가와이 겐타가 수행했다. 그 뒤로 휠체어를 담당한 조의 아이들 둘이 무거운 휠체어를 들고 계단을 올랐다.

하카타(博多) 행 '히카리 호'는 이미 승강장에 들어와 있었다. 겐타는 한 걸음 한 걸음, 힘차게 발을 옮겨 신칸센에 올라탔다.

이런 몸으로는 모두의 방해만 될 뿐이야. 수학여행은 꿈도 못 꿀 일이지.

이렇게 생각하고 있던 준은, '히카리 호'가 속도를 점점 올려 감에 따라서 눈시울이 뜨거워졌다. 자신이 지금 신켄센에 타고 있다는 사실을 믿을 수가 없었다.

고쿠라(小倉)에서 '히카리 호' 대신 특급열차로 갈아탔다. 특급인 '니치린'의 창밖으로 초여름의 햇살을 하나 가득 받아 반짝이고 있는 바다가 보였다.

"쇼짱, 화장실에 가지 않아도 돼? 오이타(大分)에 도착할 때까지 아직 1시간 반이나 남았어."

준의 맞은 편에 앉은 슌이 부지런히 신경을 써 주었다. 오카야마에서 고쿠라까지 오는 신칸센 안에서 준은 한 번도 화장실에 가지 않았다.

긴장을 해서 나올 것도 안 나오는 걸지도 몰라.

준은 이렇게 생각했다. 그러나 역시 더는 참을 수가 없었다. 준은 슌의 어깨를 잡고 등에 업혔다. 준을 업은 슌은 몸집이 작았기 때문에 새빨개진 얼굴로 화장실을 향해 비틀비틀 걸었다.

"위험한데. 슌, 내가 너를 업어 주고 싶을 정도야."

쓰토무가 슌의 허리 부분을 받치며 놀렸다.

화장실에 도착하자 쓰토무가 준을 안으며 말했다.

"전차 안은 언제 덜컹거릴지 모르니까 쇼짱, 나도 같이 들어가 뒤에서 잡아 줄게. 우리 사이잖아, 부끄러워하지 않아도 돼."

준이 볼일을 마치기 직전이었다. 특급열차가 덜컹하는 소리와 함께 좌우로 크게 흔들렸다.

"앗, 이런, 바지에 묻어 버렸어."

준이 부끄럽다는 표정을 지었다.

"괜찮아, 쇼짱. 전차가 잘못한 거야. 야, 슌, 옷 갈아입히기 조를 불러와."

쓰토무가 슌에게 대장과 같은 투로 말했다.

옷 갈아입히기 조인 요코타와 다니가와가 준의 옷이 든 커다란 가방을 들고 달려왔다.

"그래, 얼른 깨끗한 옷으로 갈아입히도록 해."

쓰토무가 다시 커다란 목소리로 말했다. 요코타와 다니가와가 능숙한 손놀림으로 준에게 새로운 바지를 입혔다.

"아, 미안, 미안."

"쇼짱, 미안하다는 말 하지 마. 이번 수학여행에서는 쇼짱을 왕자님으로 모시기로 모두가 약속했으니까."

쓰토무는 아주 만족스럽다는 듯 미소를 지었다

벳푸(別府) 역에서 관광버스로 갈아타고 지옥(地獄)을 둘러보았다. 벳푸는 일본에서도 온천으로 유명한 도시인데 벳푸의 8대 온천 중 하나인 간나와 온천 일대에는 바다지옥, 아궁이지옥, 스님지옥 그리고 피의 연못 지옥이 있다. 여러 가지 모양을 한 암석의 구릉 밑에서 모락모락 연기가 피어오르고 뜨거운 온천물이 콸콸 솟아 나온다.

"저거 정말, 피하고 색이 똑같은데."

준의 휠체어를 힘껏 잡은 채 겐타가 말했다. 준은 당장에라도 피의 연못 지옥 속으로 빨려 들어갈 것만 같아 현기증이 나려 했다.

그날 밤은 벳푸 온천의 커다란 호텔에서 묵었다.

"이봐, 쇼지, 우리 다 같이 목욕을 하자."

저녁을 먹고 난 뒤에 다마루 고이치가 준의 어깨를 두드리며 말했다. 고이치가 준을 업고 그 뒤를 3학년 1반 남자아이들 23명이 와― 하는 환성을 지르며 목욕탕으로 향해 달려갔다.

"자, 모두들 옷을 벗어."

고이치의 구령에 따라 모두가 일제히 알몸이 되었다. 옷 갈아입히기 담당인 다니가와가 준의 옷을 벗겼다.

"그럼, 3학년 1반, 쇼지 부대의 출격이다."

고이치가 수건을 흔들며 다시 호령을 했다. 곁에 있던 네 아이가 운동회에서 기마전을 할 때처럼 준을 안아 올려 목욕탕 안으로 들어갔다. 영차, 영차 하는 구령소리가 커다란 목욕탕 안에 울려 퍼졌다.

목욕탕의 물속에 잠겨 있던 일고여덟 명의 아저씨들이 무슨 일이 났나 싶어 눈을 둥그렇게 뜨고 쳐다보았다.

탕 안에서는 두 명의 목욕 담당자가 준의 양팔을 잡아 몸이 물속으로 잠기지 않도록 지탱해 주었다. 탕에서 나오자 전원이 번갈아가며 준의 몸에 비누칠을 하고 씻겨 주었다. 그리고 다시 모두가 함께 탕 속으로 들어갔다.

준을 가운데 두고 알몸이 된 3학년 1반 학생들이 탕 속에서 마음껏 물을 튕기며 장난을 쳤다.

오후 10시가 지나자 시끄럽게 떠들어대던 아이들이 하나둘 조용해지기 시작했다. 15평이나 되는 널따란 방에서 고이치와 쓰토무, 유스케, 겐타 모두가 코를 곯기 시작했다.

그러나 '불침번'을 맡은 쓰가와 가즈야와 아이자와 유타카만은 준의 머리맡에서 벽에 기댄 채 깨어 있었다. 준이 엎드린 채로 잠에 들면 질식할 위험이 있었기 때문이었다. 두 사람은 깜빡깜빡 졸기도 했지만 끝까지 준의 자는 얼굴을 지켜보았다.

밤 2시가 지난 시각이었다.

"얘들아, 선생님이 대신 볼 테니 너희들은 조금이라도 자도록 해라."

야마모토 선생님이 살금살금 다가와서 말했다.

다음 날은 규슈를 횡단하여 나가사키(長崎)에 도착했다. 돌이 깔린 네덜란드 언덕을, 반 학생 전원이 번갈아가며 미는 휠체어가 천천히 전진해 나갔다.

서쪽 언덕에 위치한 '26성인 순교지'에는 26명의 동상이 서 있었는데 준의 눈에는 그들의 얼굴이 약간 슬프게 보였다.

"아즈치모모야마(安土桃山) 시대(1568~1600년), 도요토미

히데요시(豊臣秀吉)에 의해서 기독교 금지령이 내려져, 20명의 일본인과 6명의 외국인이 십자가에 매달린 곳입니다."

버스 가이드의 설명에 준은 먼 옛날 박해에 저항해 목숨을 바친 사람들의 용감한 모습을 그려보았다.

당나라 사람 저택의 흔적, 오우라(大浦) 천주당, 외국인 주거 지터 그리고 평화공원……. 준은 이국적인 항구도시의 풍경을 가슴속에 담았다. 사진 담당이 친구들 사이에서 즐겁게 웃고 있는 준의 모습을 필름에 가득 담았다.

준이 주인공이 된 규슈 여행이 무사히 끝났다. 반 친구들은 준의 간호를 통해서 각자 여러 가지 일들을 느끼고 생각하게 되었다.

야마모토 선생님은 반 전원에게 마음속으로 '고맙구나.' 라고 외치고 있었다. 그리고 무엇보다 기뻤던 것은 반 가운데서도 문제아 중 한 명이었던 스가와라 미노루가 수학여행의 감상문에 이런 글을 쓴 점이었다.

나는 아이들을 자주 괴롭혀서 선생님께는 늘 꾸지람만 들어왔다.

생각해보면 시험 때 껌을 씹으며 시험을 보기도 하고, 분홍색 양

말이나 이상한 신을 신기도 하고……. 또 수업 중에는 부하를 5명 정도 만들어서 일부러 시끄럽게 하기도 하고 재미없다고 복도에 나가기도 하고, 2학년 때는 정말 엉망이었다. 물론 부서활동도 하루가 멀다 하고 부를 바꾸고, 돌아보니 어느 사이엔가 그것도 하지 않게 되었다. 그런데 수학여행 때 처음으로 쇼지의 휠체어를 밀었다.

쇼지가 웃으면 어떤 이유에서인지 나도 기뻐졌다. 다른 나쁜 짓을 하고 있을 때와는 마음이 전혀 다르다는 사실을 깨닫고 깜짝 놀랐다.

남들에게 좋지 않은 짓을 하고 웃는 것보다 쇼지와 함께 웃는 것이 훨씬 더 기분이 좋았다. 그러는 동안에 나도 점점 좋아지고 있다는 사실을 나 스스로도 약간은 느낄 수 있었다. 그러자 나를 보는 아이들의 시선이 조금씩 바뀐 것 같다는 생각이 들었다.

내가 지금 어째서 열심히 하려고 노력하는 건지 이유는 없다. 단지 그것이 당연한 일이라는 사실을 알았기 때문이다.

준은 교환일기에 자신의 마음을 전부 담았다.

6월 12일

선생님, 안타깝게도 병의 진행을 막을 수는 없는 듯합니다.

수학여행의 피로에서 오는 것이 아닙니다. 제 자신이 잘 알고 있

습니다. 그러나 수학여행은 아주 즐거웠고 우리 반에도

다정하게 대해 주는 친구들이 아주 많습니다. 정말 기쁩니다.

선생님, 언제나 감사합니다.

선생님으로부터

이 일기장도 이제 얼마 남지 않았구나. 매일 열심히 노력하고

있다는 증거겠지. 곧 새로운 일기장을 준비해야겠구나.

꿈에도 그리던 수학여행이 끝나고 준의 가슴에 헤아릴 수 없을 정도로 많은 추억의 페이지들이 새겨졌다.

그러나 병은 아무런 소리도 내지 않고 준의 몸속에서 점점 세력을 키워 나가고 있었다. 수학여행에 다녀온 뒤로 준은 눈에 띄게 야위어 갔으며 심한 피로를 느끼게 되었다. 학교에 머무는 것도 하루 2시간이 한계가 되었다. 그래도 준은 웬만한 일 가지고는 학교를 쉬지 않았다.

병원에 가보아도 선생님이 '어떻습니까? 아드님의 상태는?' 이라고만 물을 뿐 아무런 조치도 취해주지 않아. 이 얼마나 슬픈 병이란 말인가?

휠체어를 밀고 등교하는 어머니의 가슴이 미어터질 것 같은 날도 있었다.

3학년 1반 친구들은 준을 진심으로 돌봐 주었다. 그리고 야마모토 선생님이 놀란 것은 모두가 공부를 열심히 하기 시작했다는 점이었다.

내년 봄이면 고등학교에 가야 하니 당연한 일일지도 몰랐지만, 선생님은 최선을 다해서 노력하는 준의 모습을 보고 반 아이들 전원이 '의욕'을 불태우고 있는 것 같다는 느낌을 받았다.

(N=1)

7월 10일

선생님, 제 병이 악화되어 가는 것이 아주 무섭다고 생각될 때가

있습니다. 그럴 때는 언제나 즐거웠던 일을 생각하려 하고

있습니다. 야마모토 선생님과 캐치볼을 하지는 못했지만, 즐거운

일들을 많이 만들어 준 선생님과 친구들에게, 추억을 많이

만들어 줘서 고맙다는 말을 하고 싶습니다.

선생님, 언제나 감사합니다.

(N=2)

7월 15일

선생님, 어젯밤에는 온 몸이 아파서 제가 어떻게 해야 좋을지

모를 정도로 괴로웠습니다. 어머니가 제 몸을 마사지해 주면서,

마음 약한 소리를 해서는 안 된다, 꼭 참도록 해라, 라고 말씀하셨

습니다. 어머니의 뒷모습이 울고 있는 것처럼 보였습니다.

선생님, 언제나 감사합니다.

여름방학도 끝나고 다시 가을이 찾아왔다. '1학년 가을까지일 겁니다.' 라는 말을 들었던 준은 그로부터 2년, 마치 기록에라도 도전하듯 교실에 모습을 드러냈다.

잘 하고 있다, 잘 하고 있어.

야마모토 선생님은 이것이 완전히 입버릇이 되어 버리고 말았다.

10월의 셋째 주 일요일, 하늘은 쪽빛으로 맑게 빛나고 있었다. 운동회 날이었다.

"엄마, 나 오늘 아이들하고 같이 행진을 해. 잘 봐야 돼."

등교하는 언덕길에서 준이 기쁘다는 듯 말했다.

"그래? 그거 큰 사건인데? 준이 운동회에서 행진을 하다니, 몇 년 만이지?"

"음……, 4년 만인가?"

교문에서 쓰토무와 겐타 그리고 고이치가 준을 기다리고 있었다.

"야, 왔다, 왔어. 쇼짱, 오늘은 제일 앞에 서서 행진해야 하니 우물쭈물하지 마."

쓰토무가 휠체어를 밀며 교정으로 달려갔다.

문앞에는 벌써 학생들이 줄을 서 있었다. 1학년생, 2학년생 그리고 3학년 1반이 그 뒤를 이었다. 준의 휠체어를 밀겠다는 희망자가 한꺼번에 몰려들어 가위바위보로 결정을 하게 되었다. 결국은 스가와라 미노루가 그 중책을 맡게 되었다.

타이케가 작곡한 행진곡 『옛 친구』의 멜로디가 교정에 울려 퍼졌다. 준은 긴장 때문에 가슴이 두근거렸다. 전신의 근육이 팽팽해진 것 같은 느낌을 받았다.

병 때문에 근육이 수축되었는데 그래도 아직은 약간 움직이고 있는 근육이 있는 모양이다.

준은 이렇게 중얼거리고 미노루를 보았다. 미노루도 평소와는 달리 긴장된 얼굴로 휠체어의 손잡이를 잡고 있었다. 준에게는 그것이 우스웠다.

행진이 시작되었다. 교정 상공의 수많은 고추잠자리들이 음악에 맞춰 날고 있는 것처럼 보였다.

이것이 중학교 생활 마지막 행진이 될지도 몰

라……. 아니, 어쩌면 이것이 내 인생에서 친구들과 하는 마지막 행진이 될지도 몰라.

준의 마음속으로 이런 생각이 언뜻 스치고 지나갔다. 보호자석 앞을 지날 때 준은 마음대로 움직일 수 없게 된 목을 열심히 비틀어서 어머니의 모습을 찾아보았지만, 발견할 수가 없었다.

이제 와서 휠체어 행진 같은 거 봐야 달라질 것 없다고 생각해서 돌아가 버린 걸까?

준은 약간 실망했다. 행진도 거의 끝나 가고 있었다.

"쇼지, 저기, 저쪽 벚나무 밑을 봐."

미노루가 조그만 목소리로 말했다. 준은 철봉 옆에 있는 벚나무 쪽으로 시선을 돌렸다. 나무에 몸을 숨기듯 해서 어머니가 서 있었다. 준에게는 그 모습이 울고 있는 것처럼 보였다.

엄마, 엄마, 고마워. 나, 지금 행진하고 있어. 내게는 걸을 수 있는 힘이 없지만 친구의 힘이 나를, 나를, 걷게 하고 있어…….

준의 눈에서 뜨거운 눈물이 흘러내렸다.

겨울의 별자리

"누나, 잠깐 나와 봐. 별이 아주 아름다워."

아까부터 정원으로 휠체어를 옮겨 달라고 한 준이 질리지도 않고 맑게 갠 하늘을 올려다보고 있었다. 천체망원경을 쥔 양손이 크게 떨렸지만 준은 필사적으로 겨울의 별자리를 바라보고 있었다.

누나 유키가 정원으로 내려왔다.

"신기하네, 별을 볼 때는 준의 병도 휴식을 취하나 봐. 평소에는 연필을 쥐기만 해도 힘들어 보이는데."

"우주의 여신이 힘을 주는 건지도 몰라. 누나, 조심해서, 이대로 들여다봐, 알았지, 가만히, 들여다봐."

휠체어 뒤에서 유키가 망원경을 들여다보았다.

"우왓, 예뻐라. 몸이 빨려 들어갈 것 같아."

유키가 한숨과도 같은 소리를 질렀다.

"한가운데 일렬로 늘어선 별이 세 개 있지?"

"음—, 잠깐만."

유키가 눈을 부릅떴다.

"앗, 있다, 있어. 준."

"별 세 개를 커다란 별이 두 개씩 감싸고 있지?"

"응."

"그게 오리온자리야."

"그래? 이게 오리온자리야?"

"겨울 밤하늘 중에서 제일 밝은 별자리야."

유키가 한동안 넋을 놓고 보았다. 그리고 밤하늘을 올려다보며 말했다.

"오리온이 뭔지 알아?"

"그리스 신화에 나오는 거인이잖아."

"맞아, 굉장히 아름다운 사냥꾼이었대. 하지만 공주님을 사랑하게 됐고, 그 때문에 화가 난 임금님한테 속아서 장님이 된 뒤에 살해되어 하늘로 올라가 별이 된 거래. 전에 읽은 적이 있어."

"그럼 틀림없이 복수심을 불태우고 있는 슬픈 별이겠구나."

준과 유키의 마음속으로 겨울의 별들이 쏟아져 내렸다.

12월 21일

선생님,

밤에 창문으로 별을 보았습니다. 아름답다고 생각했습니다. 저도

힘이 다해 버리면 저렇게 아름다운 별이 되어 야마모토 선생님

과 친구들을 언제나 바라보고 싶다고 생각했습니다. 선생님,

제 힘이 다해 버리면 때때로 별을 봐 주시기 바랍니다.

선생님, 언제나 감사합니다.

선생님으로부터

선생님도 언제나 우리 아이들과 별을 보고 있습니다. 아이는

언제나 '별은 아름다워.' 라고 말합니다.

별이 되기에는 아직 이르지 않을까요?

12월 23일

선생님,

저는 일찍 별이 되고 싶지 않습니다. 그러나 아무것도 하지 않아도 제 병이 하루하루 진행되고 있다는 것을 느낄 수 있습니다.

밤중이면 참을 수 없을 정도로 다리가 아프기도 하고 손이 저리기도 해서 아침까지 잠을 이루지 못하는 적도 있습니다.

그럴 때면 저도 모르게 마음이 약해집니다.

야마모토 선생님, 오늘도 감사합니다.

900번의 감사

교환일기도 6권 째가 시작되었다. 어머니와 준의 등교는 겨울 동안에도 쉬지 않고 계속되었다.

겨울에 학교에 가는 것은 아주 커다란 일이었다. 어머니는 준에게 옷을 겹겹이 입혔다. 긴 내복을 2벌, 그 위에 셔츠, 스

웨터 그리고 교복에 점퍼, 양말은 세 켤레나 신겼다.

준은 호흡기관의 근육이 약해져 있기 때문에 감기에 걸리면 치명적일 수도 있다고 병원의 선생님이 말했기 때문이었다.

"꼴이 이게 뭐야, 무슨 눈사람 같아."

"그런 소리 말아라. 감기가 제일 무서운 적이니까. 살이 쪄 보여서 좋잖아."

3학기가 정신없이 시작됐다. 반 친구들은 코앞으로 다가온 고등학교 입학시험 준비에 여념이 없었다.

그러나 준은 오래 전부터 고등학교 진학을 포기한 상태였다.

중학교 3년 동안 친구들과 함께 공부한 것만 해도 내게는 행복이었어. 이 이상 친구들에게 피해를 줄 수는 없지.

쓰토무와 슌이 같이 시험을 보자고 말해 주었지만 준의 마음은 변하지 않았다.

"내 몫까지 열심히 해줘."

준은 매일 아침 등교를 할 때마다 입시 준비에 최선을 다하고 있는 친구들을 격려했다. 모두가 미래를 향해서 열심히 나

아가고 있다……. 눈부시게 보였지만 준의 마음속을 시원한
한줄기 바람이 훑고 지나갔다.

우선은 졸업이다.

준은 '졸업'이라는 두 글자에 모든 것을 집중시켰다.

드디어 가슴 벅찬 졸업식 날이 찾아왔다.

체육관에서는 재학생들과 학부모들이 졸업생들의 입장을
기다리고 있었다.

드디어 중학교 생활도 끝이구나…….

졸업생들의 가장 앞쪽, 휠체어에 앉아 있는 준의 얼굴이 긴
장으로 굳었다. 다마루 고이치가 준의 휠체어를 밀었다. 천천
히 휠체어가 앞으로 나아갔다. 박수가 일었다.

분홍색 리본을 가슴에 단 준은 무릎 위에서 두 손을 굳게
쥐고, 입술을 굳게 다물고 있었다.

울어서는 안 돼, 울어서는 안 돼.

몇 번이고 자신에게 말했다. 입장이 끝나자 한 사람 한 사람의 이름이 반 별로 호명되었다.

"3학년 1반 대표, 쇼지 준."

그 목소리에 준의 몸이 아주 조금 꿈틀하고 움직였다. 준이 반 대표로 졸업증서를 받게 된 것이었다.

고이치가 준을 업고 힘차게 앞으로 나갔다. 그 바로 뒤를 고토 마유미가 따라갔다. 고이치는 한 걸음 한 걸음, 힘껏 내딛어서 단상에 있는 교장선생님 앞으로 다가갔다. 졸업식장에 정적이 감돌았다.

고이치의 어깨 너머로 준의 떨리는 손이 내밀어졌다. 43명의 졸업증서를 받는 것은, 손의 힘이 약해진 준에게는 쉬운 일이 아니었다. 마유미가 바로 옆에 서서 졸업증서를 쥔 준의 팔을 받쳐 주었다.

고이치의 몸이 가늘게 떨고 있는 것이 준에게 그대로 전달되었다.

반 친구들 그리고 야마모토 선생님과 보낸 3년, 이것이 그 결정이다.

준은 꿈속에 서 있는 것 같은 기분이었다. 커다란 박수의 물결이 먼 바다 건너편에서 들려오고 있었다.

"저희는 쇼지로부터 삶의 엄격함, 존귀함, 훌륭함을 배웠습니다. 그들 둘러싼 다정한 친구들이 우리 학교에 있었고, 또 지금 둥지를 떠나려 한다는 사실에 저는 자부심을 느낍니다. 부디 쇼지에게서 배운 것을 여러분의 앞으로의 인생에서 잘 활용해 나가시기 바랍니다."

교장선생님은 기념사에서 이렇게 말씀하셨다.

졸업식이 끝났다. 보호자석에서 물끄러미 준의 모습을 지켜보고 있던 어머니의 얼굴이 눈물로 범벅이 되었다.

정말로 졸업을 했구나. 준, 여기까지 잘도 버텨왔다. 선생님, 반의 여러분, 따뜻한 격려 정말로 감사합니다.

어머니는 눈물 속에서 몇 번이고 이렇게 중얼거렸다.

교실로 돌아온 준은 42명의 친구 한 명 한 명과 굳은 악수를 나누었다.

"여러분, 정말로, 정말로 고맙습니다. 쇼지를 특별한 눈으로 보지 않고 여러분의 힘으로 하나하나 벽을 넘어 왔습니다. 여러분은 쇼지와 함께 병과 싸워 온 것입니다. 고맙습니다, 고맙습니다."

야마모토 선생님은 감격한 나머지 그 다음 말을 잇지 못했다. 준의 눈이 한없이 반짝였다.

야마모토 선생님과 준 사이를 3년 동안 왕복하던 일기는 6권 째 중간에서 끝났다. 준은 일기에 언제나 '감사합니다.' 라고 썼다.

그리고 준의 '감사합니다.' 는 900번이 되어 가고 있었다.

언덕 위, 아직 겨울의 냄새가 남아 있는 양지에 잡목숲의 그림자가 드리워져 있었다.

준과 어머니는 그 양지 속에 서서 마을을 내려다보고 있었다. 즐거웠던 일, 괴로웠던 일, 분했던 일, 여러 가지 일들이 준의 마음속으로 천천히 지나갔다.

　반 아이들이 준 꽃다발을, 준은 언덕 위에서 하늘을 향해 던
졌다.

　빨강, 하양, 노랑 꽃들이 부드러운 햇빛 속에서 춤을 췄다.

　준은 깜짝 놀라 가느다란 손으로 눈가를 비볐다.

　해, 해바라기, 해바라기…….

　준의 맑은 눈 안에서 틀림없이 해바라기가 커다랗게 흔들
리고 있었다.

· 맺음말

이것은 일본의 오카야마 현의 중학교에서 실제로 있었던 친구들의 이야기입니다.

제가 이 이야기를 써 보고 싶다고 생각한 것은 준과 야마모토 선생님 사이를 왕복했던 '교환일기'를 만나게 되었기 때문입니다. 연필로 쓴 준의 글씨는, 어떤 날은 힘에 넘쳐 났으며 또 어떤 날은 조그맣고, 또 어떤 날은 떨고 있는 것처럼 보였습니다. 그 글씨에 담겨 있는 준의 기쁨과 괴로움, 슬픔……, 그리고 생명에 대한 절실함에 감동을 받았습니다.

어떤 사람도 혼자서는 살아갈 수 없습니다. 준도 멋진 친구들과 만났기 때문에 살아야겠다는 힘이 솟아났던 것이라고 생각합니다.

이 책을 쓰기 위해 야마모토 마사히로 선생님, 준의 어머니께 아주 많은 도움을 받았습니다. 그리고 지금도 병마와 싸우며 밝고 힘차게 살아가고 있는 쇼지 준에게 감사와 소망을 담아 이 한 권의 책을 보냅니다.

아야노 마사루

· 편집자 주

이 책의 일본어 초판이 발행될 당시에는 주인공인 쇼지 준 군이 생존해 있었으나 역자 후기에 밝혔듯이 쇼지 준 군은 2004년도에 자신의 말대로 하늘의 별이되어 이 세상과 이별했다.